光文社文庫

バッグをザックに持ち替えて

唯川　恵

光　文　社

目次

本文イラスト　浅野みどり

プロローグに代えて

ネパール・カトマンズのトリブバン国際空港は、独特のスパイスの香りがした。

二〇一五年九月二十九日午後十二時半過ぎ。羽田《はねだ》から、バンコクでのトランジットを含めて十三時間近くかけての到着だ。

モンスーン（雨季）が明けるかどうか微妙な時季だったが、有難いことに快晴で、気温は二七℃くらい。想像していたより高めだったけれど、標高一三八〇メートルの地は空気が乾燥しているので心地いい。

旅の目的は、エベレスト街道トレッキング。

目標は標高五五四五メートルのカラパタールである。

カラパタールは富士山より一七〇〇メートル以上高い。さらに言えば、エベレストのベースキャンプより二〇〇メートル高い。そこまで約十二日間かけて登る。

なぜカラパタールかというと、世界最高峰八八四八メートルのエベレストがいちばん美しく眺《なが》められるからだ。

そう、世界最高峰のエベレストを一目見たい。

その思いで立てた計画だった。

初めて訪れたカトマンズは異国情緒たっぷりで、人々の活気といい、街の雰囲気といい、魅力に溢《あふ》れていた。長い時間をかけて到着したのだから、その夜くらいは少し羽目を外したい気持ちもあったが、トレッキングは明日から始まる。体調を整えておかなければならない。

早めにホテルに入って、簡単な夕食を摂《と》り、とりあえずお風呂に湯を張った。明日から十二日間、お風呂はない。潔癖症でも何でもないが、それだけ長くお風呂に入らないのは初めてだ。いつもより、ゆっくり浸《つ》かった。

それから荷物の整理。自分のザックに入れるもの、ゾッキョ（ヤクと牛の交配種）が運んでくれるダッフルバッグ（容量が一〇〇リットルを超えている）に入れるものを分ける。

明日は早朝五時起きで、小型飛行機に乗り、トレッキングの始まりとなるルクラという小さな町に向かう。

眠らなければと思うのだが、興奮と緊張でなかなか寝付けない。

今更ながら、考えてしまう。

その年の二月に還暦を迎えた私が、まさかエベレスト街道を歩き、五〇〇〇メートル級の山に登ろうとするなんて考えてもいなかった。

私自身、不思議に思う。
どうして私は、山登りをするようになったのだろう。

1　この私が山登りなんて

きっかけを考えると、犬を思い出さずにはいられない。私が初めて飼った犬、雌《めす》のセントバーナード犬だ。

その犬が我が家にやって来たのは、二〇〇〇年の十一月だった。

子供の頃から犬を飼うのが夢で、ようやくそれが叶《かな》えられることになり、嬉しくてすっかり舞い上がった。どうしてセントバーナード犬かというと、「アルプスの少女ハイジ」に登場するヨーゼフに憧《あこが》れていたからだ。賢くて、優しくて、力持ち。ヨーゼフみたいな犬と暮らせたらどんなに幸せだろう。

ただスイス山岳の極寒地方原産の犬を、東京で飼えるものかわからず、犬舎《けんしゃ》に相談に行った。対応してくれた人は「もちろん飼えますよ」とにこにこして言うので、心は決まった。

犬の散歩を考えて、駒沢《こまざわ》公園近くに一軒家を借り、必要なもの、ケージや毛布、トイレトレーにシート、幼犬用ドッグフード等々、準備万端で迎えた。名前は「涙」と書いてルイ。付けた理由は、初めて会った時、涙目で私を見上げたからだ。生後三カ月の四キロにも満たない幼犬は、とてつもなく可愛かった。

その時の私はまだ、七十キロにも成長するという大型犬を飼う大変さがまったくわかっていなかった。

念願の犬との暮らしが始まったが、翌年の初夏、ゴールデンウィーク辺りからルイの様子が変わり始めた。とにかく、一日ゼイゼイと荒い呼吸を繰り返し、だらだらヨダレをたらして、ぐったり横たわっている。すでに暑さに参っているのだ。

こんなに暑さに弱いのかと驚いた。それから毎日ほぼ二十四時間、エアコンは点けっぱなしとなった。電気代がべらぼうにかかるのは仕方ないにしても、散歩に行けないのは可哀想だ。外に出られるのは、真夜中の二時から四時の間。そんな状態が五月から十月まで続いた。

話が違うじゃないの、と、犬舎の人に腹を立てても今更しょうがない。

セントバーナード犬は寿命が短い。平均寿命は七年くらいと言われている。その短い時間を楽しく過ごさせてやるためにも、東京に住むのは無理だろう。

というわけで、引っ越しを考えざるを得なくなった。

ただ私も夫も仕事は東京で、そう遠くへは行けない。奥多摩《おくたま》なら涼しいのではないか、神奈川か千葉の海に近いところが適当ではないか。都心から電車で一時間ぐらいで、ふさわしい場所はないだろうかと探したが、それくらいの距離では気温にさほど変わりはない。

そうこうしているうちに、思いがけない報《しら》せを受け取った。

直木賞《なおきしょう》の候補に挙がったというのである。

これには驚いた。自慢ではないけれど、少女小説から出発して十六年間、直木賞どころか、どんな文学賞の候補にも、一度たりとも挙がったことはない。賞とは縁がないと思っていたので、まさに予想外の出来事だった。

候補に挙がるだけでも名誉なことだと思っていたのに、それが翌年早々、受賞を知らされた。青天の霹靂《へきれき》とはこのことだった。

とたんに仕事が忙しくなり、必死に目の前の仕事をこなすので精一杯になった。

もちろん、引っ越しの件はいつも頭にあった。今年の夏も、ルイは外に出られないだろう。家の中でぐったりする姿を思い浮かべて、何とかしなければと思うのだが、いったいどこに引っ越せばいいのかわからない。

そんな時、軽井沢《かるいざわ》在住の作家と対談する機会があった。

軽井沢に行ったことはなかった。埼玉県と群馬県を通り過ぎて長野県にあるのだから、遠いのだろうと勝手に思い込んでいた。けれども、新幹線に乗れば一時間ほどで到着するとわかった。

軽井沢は避暑地として名を馳《は》せている。夏は涼しいに決まっている。電車を新幹線に替えれば、一時間くらいで東京と行き来できるのなら、条件としてぴったりではないか。

そんな思いから、出掛ける前にネットで不動産屋に連絡を取り、二時間ほどいくつかの土地を見せてもらうことにした。

駅に降り立った瞬間、空気が違った。五月の初め頃だったが、空気は冷たく澄んでいて、深く息を吸うと肺の中が洗われてゆくようだった。

駅の改札口で不動産屋の人と待ち合わせ、車に乗って国道十八号線を西に向かった。五分ほど走ったところで、いきなり浅間山《あさまやま》が目に飛び込んで来た。

目が奪われた。惚《ほ》れ惚《ぼ》れする美しさだった。雄大な姿は威厳があり、頂上からは白い噴煙が柔らかく立ち昇り、長く延びた裾野が優雅なラインを描いていた。

それはとてつもなく魅力的な風景で、この時、すでに気持ちの半分はここに住もうという気になっていた。軽井沢に到着してまだ十分もたっていないというのに——。

二時間しか時間がないので、とにかく土地を回れるだけ回ってみようと思った。ところがその二時間の間で、出会ってしまったのである。場所も、広さも、ついでに言えば値段も、考えていた条件とほぼ一致する土地に。

駅から車で六分。大通りから離れていて、道はアスファルトではなく土のまま。木々が茂り、静かで、辺りは瑞々《みずみず》しい植物の匂《にお》いに溢れていた。

心は決まった。

ルイを連れてここに住もう。

東京に帰って、すぐに夫に報告した。夫はかなり驚いたようである。食事に行ってメニューを見てもなかなか注文を決められない迷い性の私が、たった二時間で、これからの人生を左右させる買い物を「決めた」と言ったからだ。

翌週、ふたりで軽井沢に出向いた。

「ここなら、ルイも喜ぶ」

環境を見て、夫も納得したようである。

「どうしてこの時期に」と、呆《あき》れる人もいた。

直木賞受賞後、仕事量は膨《ふく》れ上がっていた。小説家なんて所詮《しょせん》は浮き草商売、保障は何もない。身体を壊したらそれで終わり。今働かなければどうする、という思いはあったが、ルイをこのままにしておくわけにはいかなかった。

引っ越したのは翌〇三年六月。

まさに怒濤《どとう》の中での転居となった。

そうまでして移住を決めたというのに、軽井沢に着いて拍子抜《ひょうしぬ》けした。ルイがどれだけ喜んでくれるかと思ったが、最初、家から出ようとしなかったからだ。都会育ちのセントバーナード犬。初めての自然に接して、腰が退《ひ》けてしまったようなのだ。

あなたのためにここまで来たのに……。

あの時ほどがっかりしたことはない。けれども一週間もすると、目を輝かせて散歩に出るようになった。遺伝子に残っていた感覚が、ようやく呼び覚まされたようである。

朝は四時起きで散歩に出る。一時間ほど歩いて、帰ってルイの食事の用意。すべて手作りなので時間がかかる。それを終えると、ルイの顔やら身体やらを拭《ふ》いた大量のタオルの洗濯。人間が朝食を済ませ、ひと息ついた頃に二度目の散歩。夕刻にもう一度散歩して、ご飯を食べさせる。

生活のほとんどは、ルイの世話に費やされた。あの頃、人生の中でいちばん仕事が忙しい時期だったのに、仕事をした記憶がほとんどない。今でも、いったいどうやって原稿を書いていたのだろうと不思議でならない。

軽井沢は標高一〇〇〇メートルほどにあり、周りは落葉松《からまつ》や杉の背の高い樹木で覆《おお》われている。それでも、ちょっと歩けば浅間山が見える。

浅間山はいつ見ても美しい。たとえ雲に覆われて見えなくても構わない。今日の浅間山はどんな姿なのだろう。軽井沢に住む人間は、毎日、浅間山を仰ぐ習慣が身に付いている。

その浅間山が噴火したのは、移住した翌年、〇四年九月一日の夜八時頃だ。

私は駅前の居酒屋にいた。どーんという地響きと共に、窓ガラスがびりびり震えて、一瞬みんな身構えた。近くで大きなガス爆発が起きたのではないかと思った。

しばらくすると、店の人が言った。

「浅間山が噴火した」

浅間山が活火山ということは知っていたが、まさか噴火するとは思ってもいなかった。

その時は中規模噴火で、立ち昇る炎や飛び出す噴石が見えたという人もいた。大きな被害がなかったのは幸いだった。

ただ火山灰が相当量降り、翌日からのルイの散歩には苦労した。樹木の葉に積もった灰が、風に吹かれてはらはらと舞い、目が開けられない。呼吸もできない。早速ホームセンターで防塵マスクとメガネを買って来た。

人間はそれで何とかしのげるが、犬はそうはいかない。火山灰は、木や紙を燃やしてできる灰とは成分も性質も違っているという。吸っていいことは何もないので、散歩はごく短時間、おしっことうんちをさせるだけにとどまった。それでも、ルイは灰まみれになり、身体を拭くためのタオルは更に増え、山のような量の洗濯をしなければならなくなった。

浅間山を舞台に

毎日新聞社から連載小説の仕事が入ったのは、それから一年ほど経った頃だ。

私にとって初めての新聞連載で、緊張していたし、張り切ってもいた。打ち合わせで担当編集者の重里《しげさと》徹也《てつや》さんと顔を合わせた時「どのような内容になりそうですか」と、尋ねられた。

「軽井沢を舞台にしようと思います」

その頃、軽井沢という避暑地の構造が面白く感じられるようになっていた。

当時の軽井沢町の町民世帯数は約七千。それに対して、別荘は一万三千戸以上ある。夏になると町は別荘族で膨れ上がる。

地元の人たちは慣れたものだ。何せ明治時代から百年以上もの歴史がある避暑地である。お互い、夏の再会を楽しみにしている人も多い。

そんな話を聞くうちに、別荘にやって来る東京の高校生男女と、地元で暮らす高校生男女を登場させ、その後三十年ほどの関わりを書いていこうという構想をたてた。

最初のシーンは浅間山にした。軽井沢の象徴となるのはやはり浅間山だろう。高校生の四人が、秋の終わりに浅間山に登る。そこでひとりの男の子が滑落して亡くなり、その痛みを背負わなければならなくなった三人の人生を描こう。

そんな話をすると、「では、早速登りましょう」と重里さんが言った。噴火はすでに収まり、警戒レベル1になっていた。重里さんは学生時代にワンダーフォーゲル部に所属していて、登る気まんまんになっている。挿《さ》し絵《え》を描いてくれるイラストレーターの小山内《おさない》仁美《ひとみ》さんからも、ぜひ登りたい、実際にこの目で山を見てみたい、という申し出があった。

行程は約七時間。書く以上、私も登らなければならないのはわかっている。ただ体力にも気力にも自信はない。若い頃はスポーツ好きだったが、もうずっと運動とは無縁の生活をして来た。

仕事が詰まっていたせいもあり、まずは重里さんと小山内さんに登ってもらうことにした。ふたりの同行は夫に頼んだ。というのも夫はかつてアウトドア雑誌でライターをしていて、多少なりとも経験があったからだ。それにもともとふたりと顔馴染《なじ》みでもある。

けれども、夫はあまりいい顔をしなかった。山にいい思い出がないらしい。後で聞いた話だが、若い頃、登山家と一緒に仕事をしていて、さんざん絞られたらしい。それでも頼み込むと、しぶしぶながら引き受けてくれた。

ということで、夫は彼らを連れて、浅間山に向かって行った。

そして、その日の夕方に帰って来た時の三人の顔を今も忘れられない。

まるで子供のように目を輝かせていた。あれだけ乗り気でなかった夫も、久しぶりの登山がよほど楽しかったのか、満面の笑みだ。

夜にみなで食事をしたのだが、三人のテンションは高く、あの登り坂はきつかっただの、景色が素晴らしかっただの、ニホンカモシカが見られたのはラッキーだっただのと、話が弾んでいる。会話に入れない私は、だんだん悔しくなっていった。

そして、思わず口走っていた。

「私も登りたい」


実現したのはひと月ほどたった頃だ。

浅間山は標高二五六八メートル。頂上の釜山《かまやま》は立ち入り禁止になっていて、すぐ近くの前掛山《まえかけやま》が最高地点となる。

自宅から四十分ほど車を走らせ、標高約一四〇〇メートルの天狗温泉《てんぐおんせん》浅間山荘の登山口に向かった（登山口は他にも何カ所かある）。今回は、夫は犬と家で留守番となり、天狗温泉オーナーの山崎幸浩《やまざきゆきひろ》さんにガイドをお願いすることにした。

ひとりでは心細いので、知り合いの編集者たちに声を掛けると七人ばかりが手を挙げたので、みんなで一緒に登ることになった。

登山口を出発して、鉄鉱成分で茶色く染まった川に沿って山道を登ってゆく。周りは背の高い木々に囲まれ、木漏《こも》れ日《び》が差している。傾斜もさほどない。

ああ、気持ちいい。こんなことなら、もっと早く登っておけばよかった。

けれども、それはほんの十分ほどのことだった。すぐに後悔が襲って来た。

息が上がり、足が前に出ない。汗が吹き出し、心臓がばくばくし始めた。頑張らなくてはと、自分に気合を入れるのだが、とにかく辛《つら》い。そのひと言に尽きる。どうして登るなんて言ってしまったのだろう、と、悔やまれるばかりだ。

登山口から最初の休憩場所になる一の鳥居まで、コースタイムは三十分ほど。その間、何度も足が止まって、結局、倍近くかかってしまった。

その後、二の鳥居、カモシカ平《だいら》と続くのだが、苦しさは募るばかりで、標高約二〇〇〇メートルにある火山館《かざんかん》に辿《たど》り着いた時はもう限界だった。崩れるようにその場に座り込んだ。

火山館というのは、木造二階建てのログハウスで、テラスで休憩ができ、水が飲め、トイレ（有料）がある。テラス下はシェルターになっていて、いざという時は逃げ込むことができる。館長は渋い山男だ。

とりあえずお昼を食べようということになったが、お弁当を広げても、おにぎりが喉《のど》を通らない。それほど疲れ果てていた。あの時、ガイドをしてくれた山崎さんが野生の行《ぎょう》者《じゃ》ニンニクを使って、ニンニク味噌を作ってくれたのがどんなに美味《おい》しかったか……。

頂上まで、ここから更に五〇〇メートル以上の標高差がある。

登れるわけがない……。

同行のみなさんには申し訳なかったが、というわけで火山館で下山が決定。

ホッとしたものの、これまた下《くだ》りが辛かった。膝《ひざ》が笑うというのはこういうことなのか。小さな石に躓《つまず》いたり、滑って尻餅《しりもち》をついたりと、よたよたの状況で登山口まで戻って来た。家に帰って、お風呂に入ると、後はもう倒れるように眠ってしまった。

翌日から始まった筋肉痛と戦いながら、私は決心した。

もう、二度と山には登らない。


そんな私とは対照的に、夫はちょくちょくひとりで出掛けるようになった。

登れば登るほど楽しいらしく、朝のルイの散歩を終えると、いそいそとザックを車に積み込み、山に向かってゆく。

そうこうしているうちに、登りたいという編集者や知り合いが何人か出て来て、いつの間にか登山会らしきものまで作ってしまった。

そんなある日、夫が私に言った。

「少し、運動したらどうだ」

運動不足は私も自覚していた。デスクワークばかりしているせいか腰痛持ちでもある。

何とかしなければいけないと思っていた。

「それに太った」

痛いところをつかれてしまった。確かにそうだ。気が付くと、ここ数年で五キロ近くも増えていた。腰痛の原因のひとつがそれにあるのも自覚していた。

「山登りはいい運動になる。平らな道より負荷がかかるから筋肉も付く」

「でも、仕事もあるし、ルイもいるから」

と、登る気のさらさらない私は聞き流していた。

そのルイが死んだのは、二〇一〇年三月三十一日。九歳五カ月。セントバーナード犬として、天寿をまっとうしたと言っていい。

生活の中心だったルイがいなくなり、私は毎日をぼんやり過ごした。もう散歩に出なくていい、ご飯を作らなくていい、大量のタオルを洗わなくていい。それがなかったらどんなに楽だろうと思っていたのに、実際にそうなると何をしていいのかわからなかった。仕事に没頭することもできず、時間を持て余した。覚悟はしていたが、やはり喪失感は深かった。

そんな私を見かねたように、夫が言った。

「浅間山に登ってみないか。登れるところまででいい。しんどかったら途中で戻ろう」

山には二度と登らないつもりだった。あんな苦しい思いをするのはもうたくさん。ところが、どういうわけか気が付くと「登る」と答えていた。

その苦しさを味わいたかった。息をゼイゼイさせ、心臓をばくばくさせ、何も考えられない限界にまで自分を追いつめたかった。でなければ、ルイを亡くした喪失感から逃れられなかったのだ。

そして、目指すのが頂上ではないということも気持ちを楽にしてくれた。もし、あの時「頑張って頂上まで登るぞ」と言われていたら、私は決して行かなかっただろう。夫は、私の性格をよく知っていた。

そうやって再び向かった浅間山は、やはり苦しかった。相変わらず息は上がり、足が前に出ない。バテバテでコースの標準タイムを大幅にオーバーし、またしても火山館までが限界だった。下山もよたよたの状態で、家に着いた時にはくたびれ果て、案の定、翌日からは筋肉痛との戦いが始まった。

けれども、その時の私はこう思った。

また登りたい。

どうしてそんな心境になったのか、自分でもうまく説明がつかない。

ただ、疲れと筋肉痛と戦いながら、頂上からはどんな景色が眺められるのだろう。どんな風が吹き、どんな匂いがして、どんな気持ちになるのだろう。そんな好奇心に包まれた。

同時に「こんな私でも、頑張れば、もしかしたら頂上に立てるかもしれない」という、ささやかな野望が芽生えていた。

山に目覚めた瞬間だった。

2 山はすぐには登れない

その気持ちを伝えると、リーダーが言った（ここから夫はリーダーに名称変更）。

「だったら、まず装備をきちんと揃《そろ》えよう。命に関わるものだし、初心者なら尚更、装備に頼るところが大きいから」

それには私も納得した。

山装備の三種の神器は、登山靴、ザック、レインウェアと言われている。

以前に揃えたそれらは、間に合わせの代物《しろもの》だった。続けるなどと考えてもいなかったので、お金を掛けるのはもったいないと思ったのだ。私の住む軽井沢には大きなアウトレットがあり、そこで見た目がそれっぽい登山靴と、ハイキング用のリュックと、レインウェアに至ってはホームセンターで雨合羽《あまがっぱ》を買った。

けれども二度目に登って「これでは駄目だ」と痛感した。靴は滑りやすく、くるぶしまでの長さしかないので足首がぐらつく。リュックは大した荷物が入っていないのに背負った時のバランスが悪く、肩に食い込んで痛い。雨合羽は蒸《む》れて汗びっしょりになった。

というわけで、リーダーに連れられて登山用具専門店に向かうことになった。

行く前は、そこはきっと汗臭い男の世界なんだろう、と思っていた。

けれども、ちょうど登山ブームの始まりの頃でもあり、女性の姿もたくさん見られた。噂《うわさ》の山ガールたちだ。私より年配の女性の姿もあって安心した。

まずは靴選び。さまざまな種類があるが、二五〇〇メートル級のトレッキング仕様のものが欲しいと伝えると、店の人が何足か出してくれた。履いてみて驚いた。軽くてフィット感があり、当然だけれど、持っていたものとはまるで違っていた。リーダーや店の人と相談しながら、何足か試し履きをして、気に入った一足に出会った。

が、値札を見て躊躇《ちゅうちょ》した。これが結構なお値段である。三シーズン用で四万円前後、というのは中の上クラスらしいが、こんなに高いのか。まあ、その時にはこれから山登りをしようと決めていたので、思い切って購入することにした。今、私の持っているすべての靴（パンプス・サンダル・ブーツを含む）の中で、いちばん高いのが登山靴である。

ザックには考えさせられた。店で五キロの重りを入れて担がせてもらったのだが、種類によってとても違いがある。値段が高いからいい、とは限らない。同じ五キロなのに、やけに重く感じるものもあれば、驚くほど軽く感じるものもある。自分の体形にぴったり合うものを探し当てるまでは妥協してはいけない。私も二十個ぐらいは試しただろうか。

レインウェアは、やはり主流のゴアテックス。今のところこれに勝る生地はないようだ。上下セットで購入する。

と、三点を揃えたのだけれど、それで終わらないのが人情というものだ。ついウェア類に目が行ってしまう。インナーからアウターまで、色も形もお洒落《しゃれ》で、機能的なウェアがさまざまにある。また、スパッツや手袋や帽子、使い勝手のよさそうなウエストポーチとか、曇らないサングラスとか、汗吸収率抜群のネックゲイターとか、とにかくグッズがいろいろあって、見ているだけでボルテージが上がってゆく。そのうち、やはり欲しくなってしまう。持ってるもので間に合うじゃない、と自分に言い聞かせたが「その代わり私服を買うのは諦《あきら》める」の言い訳のもと、レジに持っていった。

それから登山用品店にはしょっちゅう行くようになるのだが、行けば欲しいものが必ず出て来て困ってしまう。かつて、登山用具専門店は敷居が高くて近づけない場所だったが、今は別の意味で、あまり近づいてはいけない場所になっている。

ただ、言い訳ではないけれど、登山ウェアは登山でしか使えないわけじゃない。タウンウェアとしても着ることができる。私の住む軽井沢は、冬場の気温が時にはマイナス二〇℃近くにまで落ちるので、登山ウェアが重宝している。今では、冬山用ダウンジャケットは、冬になくてはならない必須アイテムになっている。

実はウェアだけでなくて、持っていると山道具は意外と便利だともわかるようになった。

以前、大型台風に見舞われて、停電が三日間続いた時があった。電気だけでなくガスも使えなくなり、煮炊きをどうしようと途方に暮れていたら、リーダーが押入れの奥からバーナーとコッヘルを出して来た。それで温かい飲み物が作れた。

また、一晩で一メートル以上も雪が積もり、人も車も家から出られなくなった時は、スノーシューを履いて大型リュックを背負い、買出しに出掛けた。

山道具は災害時にも役立つと聞いていたが、まさにその通りだった。

さて、装備を一通り揃えてから言われた。

「まずはトレーニングだな」

日々、地道な訓練を行って、筋力と心肺機能を高めろというのである。

地道な訓練ほど苦手なものはない。しかしリーダーが言うなら従うしかない。

うまい具合に、トレーニングに最適の場所があった。軽井沢町の中心にある離山《はなれやま》だ。その形状からテーブルマウンテンとも呼ばれている。標高は一二五六メートル。登山口からの標高差は約二五〇メートル。

登山道は南口と東口にあり、どちらも約一時間で頂上に着ける。東口コースは整備された山道が続き、とても登りやすいが、やはり家から徒歩十分の南口コースが近くて便利だ。

何より、幹線道路のすぐ脇が登山口だというのに、一歩足を踏み入れただけで背の高い樹木に囲まれ、森を実感できる。また、山道は緩斜面もあれば急斜面もあり、草木を掻《か》き分けながら進む場所もあり、最後は二百段ほどの階段を上る、とバラエティに富んでいる。短時間ながらも結構きつく、登山の醍醐《だいご》味《み》を感じることができる。そして頂上に立てば、浅間山がより近く、美しく眺められる。トレーニングをするには最適の山だ。

というわけで、以来、週に二回か三回、登るようになった。

ひと月ほど続けるうちに、少しずつ、体力と筋力が付いてくるのがわかった。十分も登ればゼイゼイしていた呼吸が二十分は持つようになり、ふにゃふにゃだった脹脛《ふくらはぎ》が硬さを帯びてきた。その両方とも、長い間、ご無沙汰していた感覚である。

さて、この離山だけれど、里山とはいうものの、安穏《あんのん》とはしていられない。私はここで、何度か緊張に包まれる事態に遭遇した。

まず、イノシシに出くわしたこと。それも三頭。距離は二〇メートルほどだったろうか。かなりの大型で、見た瞬間、足が竦《すく》んだ。襲って来たらどうしよう、と身構えたが、イノシシの方が驚いたようで、ドドドッという地響きと共に走り去ったのでホッとした。

こんなこともあった。登山道を歩いていて、何の気なしに木を見上げると、子犬がいる。少なくとも、私には子犬に見えた。

「どうして、あんな所に子犬が」

と、言いながら振り返ると、リーダーが緊張した面持ちで、右手に登山ナイフ、左手に熊よけスプレーを持って立っていた。

「あれは子熊だ。親熊は、自分が餌《えさ》を食べている時、安全のために子熊をあやして木の上に登らせておくんだ。下の草むらに親熊がいる。早く、静かに、ここから離れろ」

離山は熊の生息地でもあるのだった。親熊を刺激しないよう、そろそろと登山道を登って行った。親熊の姿は見えなかったけれど、確かに小枝が折れるような音が聞こえていた。

実はこの時、初めて知ったことがある。熊よけスプレーだ。私はずっと、それを虫よけスプレーと同じように、自分にかけるものと思っていた。そうか、熊にかけるのか。知ってよかった。知らないままだったら、とんでもない目に遭《あ》っていた。

猿に囲まれたこともある。足元ばかり見ながら歩いていて、ふと顔を上げると、十数頭の猿に囲まれていた。猿はじっとこっちを見ている。慌てて視線をはずし「あなたたちにまったく敵意はありません」オーラを必死に放って、何とか通り抜けることができた。

初めてニホンカモシカを見たのも離山だった。子連れで、まだ小さいカモシカが可愛らしかった。

動物だけでなく、植物も豊富で、春には軽井沢の町花でもあるサクラソウが咲き乱れ、秋は紅葉が目に沁《し》みる。

町中にある里山とはいえ、とてもワイルドで美しい山である。

そうやって離山でトレーニングを重ねながら、月に一度か二度、浅間山に登った。

頂上にはやはりそう簡単には登れない。最初の頃は、標高約二〇〇〇メートルの火山館までが限界だった。それから、その上の湯ノ平《ゆたいら》まで、次は賽《さい》ノ河原まで、次は前掛山の途中まで、と少しずつ距離を延ばして、ようやく念願が叶ったのは、半年ほどもたった頃だろうか。

山を巻くようにして、前掛山の登山道が続いている。道は浮石が多く、ザレ場になっていて、登りにくいったらない。足元が安定しないので、前に進めた足が滑って、元のところまで戻って来る。その分、体力と時間がかかる。

はぁはぁと、自分の呼吸の荒さばかりが耳に届く。その上、乾燥していて砂が舞い上がり、喉が痛くなる。登る時間より休む時間の方が多いくらいだ。

けれども、ここまで登って来ると見晴らしが素晴らしい。森林限界を越えているので樹木はなく、外輪山の黒斑山《くろふやま》（二四〇四メートル）、蛇骨岳《じやこつだけ》（二三六六メートル）、仙人岳《せんにんだけ》（二三一九メートル）、鋸岳《のこぎりだけ》（二二五四メートル）の稜線《りようせん》が間近に望まれる。これが惚れ惚れするほど美しい。また、中腹からは隣の群馬県の風景も眺められる。

火山館を出発して、頂上手前にあるシェルターに到着するまでに一時間半ほどかかっただろうか。とにかくここまで登って来られてホッとした。ここでしばらく休憩を取り、ザックをデポ（残置）して、尾根を歩いて頂上に向かう。

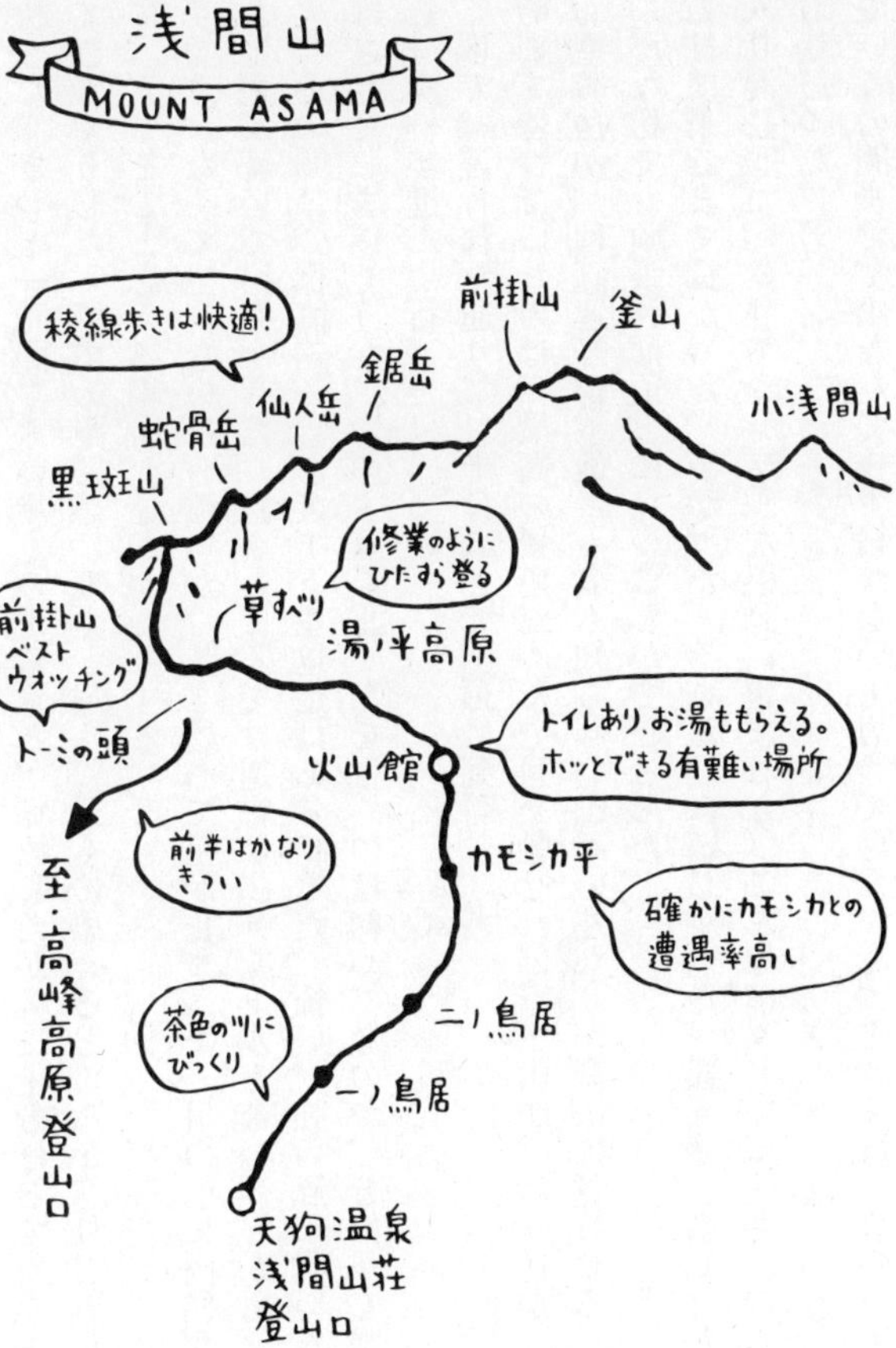

浅間山
MOUNT ASAMA
稜線歩きは快適!
前掛山
釜山
鋸岳
仙人岳
小浅間山
蛇骨岳
黒斑山
修業のように
ひたすら登る
前掛山
ベスト
ウォッチング
草すべり
湯ノ平高原
トイレあり、お湯ももらえる。
ホッとできる有難い場所
トーミの頭
火山館
前半はかなり
きつい
カモシカ平
至・高峰高原登山口
確かにカモシカとの
遭遇率高し
茶色の川に
びっくり
二ノ鳥居
一ノ鳥居
天狗温泉
浅間山荘
登山口

初めて見る頂上へ向かう道は、勾配《こうばい》はないのだけれど、見る限りとてつもなく長い距離に映った。きっと一時間ぐらい歩くのだろうと、覚悟したが「二十分ほどで着く」と言われてびっくりした。山での距離感は地上と違う。遠くに思えるところが意外と近かったり、逆に、すぐそこと思える場所が遠かったりする。

ザックがなくて空身《からみ》なのは有難いが、歩き始めて足が止まった。目の前に両側が切れ落ちた尾根が続いていたからだ。狭いところでは道幅が二メートルもない。しかも、左側の噴火口との間は、標高差一〇〇メートル以上はある絶壁だ。怖い。強い風が吹いたら吹き飛ばされてしまいそうだ。このようなルートを行くのは初めてなので、とにかく緊張しながら一歩一歩進んで行った。

そして、言われた通り、二十分ほどで山頂に到着。

そこで待っていたのは、最高の景色だった。目を馳せれば富士山《ふじさん》が、八ケ岳《やつがたけ》が、御嶽山《おんたけさん》が、乗鞍岳《のりくらだけ》が、穂高《ほたか》連峰が、他にも名も知らない山々の連なりが豪快に見渡せる。

こんな私でも頑張れば頂上に立つことができるんだ。

ここに来るまで長かった、辛かった。それだけに嬉しかった。達成感と満足感と充実感が入り混じった、素朴でシンプルな感動に包まれた。こんな清々《すがすが》しい気持ちになるのは久しぶりだった。

ついこの間まで、山なんて一生縁がないと思っていた。もっと言えば、登ろうという発想自体がなかった。死んでしまったルイとの出会いが、私をこの頂上まで連れて来てくれたのかと思うと、何だかちょっと泣けてしまった。

けれども、そんな感慨に浸《ひた》れるのも短い時間である。

「頂上には長居するものではない」

と言われ、写真を撮ると早々の下山となった。

当然だけれど、登りがあれば下りが待っている。いざ下り始めると、登り以上に、眼前に広がる絶壁がさらなる迫力で迫って来た。あまりの怖さに足が竦んでしまう。なるべくそちらには目をやらないようにして「大丈夫、大丈夫」と、自分に何度も言い聞かせながら慎重に下った。往復七時間。家に辿り着いた時はくたびれ果てていたが、本当に気持ちのいい登山となった。

今も、浅間山にはしょっちゅう登っている。途中までや外輪山を含めると、百回以上は登っていると思う。岩場や梯子《はしご》があるような危険なところはないし、登山道は整備されているし、カモシカともよく会える。まさに、浅間山は私のホームマウンテンとなった。

3　山が呼んでいる

「そんなに同じ山を登ってよく飽きないね」

と言われたことがある。その人は百名山登頂を目指し、日本全国を回っているという。そんな人からすればもっともな感想だろう。

けれども、山は季節によって別の顔を持っている。目にも眩《まぶ》しい新緑に包まれる春、高山植物が咲き乱れる夏、紅葉の美しさに惚れ惚れする秋、一面白銀の世界に変貌する冬、すべてに味わいがあり、驚きがあり、面白さがある。

天候や体調によっても印象は変わる。天気がよければ嬉しいが曇って陰鬱《いんうつ》な風景に囲まれる時もあるし、とても見晴らしがいい場所のはずがまったく先が見えない霧に包まれてしまう時もある。いつも簡単に足を乗せている岩が雨に濡れると滑って危険だったり、体調が万全でない時は、なだらかな坂でもやけに急斜面に見える。

百回登っても毎回違う。知っているのは浅間山のほんの一部でしかない。だから飽きるどころか慣れないのだと思う。山は生き物なのだとつくづくわかる。

頂上に一度立ったらその山は終わり、という登り方は、今の私にはとてももったいないと思える。二百回でも三百回でも私は浅間山に登り続けるだろう。

さて、この浅間山で私はさまざまな登山の基本を学んだ。

たとえば歩き方。

最初の頃は、少しでも時間と距離を短くしたくて、大股で歩き、段差のあるところは一歩で乗り越えようとした。けれども、これをやっているとすぐに息が上がってしまう。少しくらい時間がかかったり距離が長くなっても、歩幅を狭くし、一歩で歩けるところを二歩か三歩で進む。段差があるなら、面倒がらずに回り込む。その方がずっと身体に負担がかからないと知った。

呼吸も同じで、辛い時は酸素を取り込まなければならないと信じ込んでいたが、吸ってばかりいると逆にどんどん苦しくなってゆく。最初はどうしてそうなるのかわからなかった。聞けば、吸い過ぎると過呼吸に近い症状に陥《おちい》るとのこと。吸う方ではなく、吐く方を意識するように、と言われて実行すると、なるほど確かに楽になった。

また、歩調の乱れが疲れに繋《つな》がってしまうので、自分の歩くペースを摑《つか》むこと。歌を歌うのもひとつの方法だ。今、私のテーマソングは中島みゆきの『時代』。「まわるまわるよ時代は回る」と、頭の中で歌っている。

最初はできるだけペースを落としてゆっくり登り、徐々に身体を慣らしてゆく。これも実行している。ただ、最初にうんとペースを上げ、心拍数を目いっぱい高めた方が後半は調子がいい、という人もいる。でも、これはたぶん上級者向きだ。私はそれを試して、途中ですっかりバテて動けなくなった。

山のルールも教わった。

たとえば、登山道で相手と擦《す》れ違う時は、下っている方が足を止めて道を譲る。これは、登っている人が足元を見てしまい、下ってくる人の姿が目に入らない場合が多いからだ。それと、下っている方が登山道を一望できるので、どこで安全に道を譲れるか判断しやすいからだという。

ある時、リーダーが「ちょっと休憩しよう」と、張られたロープをまたいで外に出た。そんなことをしていいの？　私は思わず訝《いぶか》し気な目を向けた。

「登山道は狭いから、他の登山者の進路を塞《ふさ》がないよう長く立ち止まってはいけない。休憩を取るならコースの外に出る。それがルールだ」

そうなのか。ロープの外に高山植物が群生していたり、崖になっている場合などに避けるのは当然だが、公園の立ち入り禁止のロープとはまったく意味合いが違う。

そう言えば、浅間山の外輪山のひとつ、蛇骨岳に向かう狭い登山道の真ん中で、お弁当を広げているふたり連れがいた。景色がいいのはわかるけれど、そこに座られるとこちらは崖際ぎりぎりを歩かなければならない。なるほど、こういうことなのかと理解した。

迷惑といえば、やはり同じ外輪山・黒斑山の山頂で、団体の登山者たちが楽譜を手に合唱を始めたことがあった。それも何曲も歌い続けるので参ってしまった。そうそう、延々とオカリナを吹いていたおじさんもいたっけ。

細かいことを言うのは野暮《やぼ》だとわかっている。けれど、山頂は自分ひとりのものではない。やはり配慮は必要だ。山の静けさや、風の音や、鳥のさえずりを聞きに来ている人だっているのだから。

つい先日、樹林帯の中を登っていると「ブーン」と羽ばたきのような音が聞こえて来た。「蜂《はち》の大群かも」と、首を竦めながら見上げると、そこにはドローンが。何かを調査していたのかもしれないが、一般登山者がこれをやるのはどうだろう。けれども、これからはドローンと出くわすことも増えるに違いない。

山用語も教えてもらった。

たとえば、女性のトイレは「お花摘み」、男性の場合は「キジ撃ち」。春先のぐずぐずになった雪は「腐った雪」。登ってゆくことを「詰める」。ご飯を食べなくてバテてしまうのは「シャリバテ」。自分ではラッセルせず他人の後ばかり付いてゆくのは「ラッセル泥棒」等々……いろんな表現があって面白い。

ただ、実際に使うかというと、とても口にできない。山屋《やまや》（かつて山のエキスパートを敬意を込めてこう呼んだ）の方々の業界用語みたいなものだから、私のようなレベルの者が言ったら苦笑されてしまうだけだ。「トイレに行きます」で何の問題もない。

高尾山《たかおさん》の思い出

話は遡《さかのぼ》るが、東京に住んでいた頃、唯一登ったのが高尾山だ。もう二十年以上も前の話になる。もちろん、登山を始めるようになるなんて想像もしていなかった頃だ。

どんな流れでそんな話になったのか記憶にないが（たぶん、酒席でのノリだったのだろう）、連れて行ってくれたのは山好きの編集者・Yさんで、私を含め女性三人が参加した。

出発前に「山登りの経験は？」と聞かれたので「白山《はくさん》に登ったことがあります」と答えた。出身地の金沢で会社員をしていた二十代の頃、同僚たちと登ったことがある。すごく辛くて、標準タイムよりかなり遅れ、バテてザックを持ってもらったという経緯はあるにしても、とりあえず標高二七〇二メートルの頂上に立てたのだから、これは申告していいはずだ。

同行のふたりは私よりうんと若く、エネルギーに満ちていて、それだけで負けそうな気がしていた。なので、ちょっと見栄《みえ》を張りたいというのもあった。

高尾山は標高五九九メートル。スカイツリーより低い（その頃にスカイツリーはなかった）。認識としては、小学生が遠足に行く山だった。登山口からケーブルカーに乗るのだし、頂上まで一時間程度で着くという。楽勝ではないか。

高尾山口の駅で、Yさんと待ち合わせた。その姿を見て笑ってしまった。本格的な格好をしていたからだ。登山ウェアを着込み、年季の入ったキャラバンシューズを履き、大きめのザックを背負っていた。

高尾山に登るくらいで大袈裟《おおげさ》なんだから。

私を含めた三人は、スニーカーにリュック。どれもファッション仕様で、当然、登山の標準装備であるレインウェアもヘッドランプも持っていなかった。リュックに入っているのはおにぎり二個と、ペットボトルのお茶が一本、あとはお菓子が少々。

Yさんはちょっと困った顔をした。私たちの格好があまりにラフだったからだと思う。でもその時は何も言わず、とにかく出発した。

天気は良好。ケーブルカーを降りると、多くの人が登っていた。登るというより、緩やかな坂道をのんびりと歩いてゆく。子供たちもたくさんいて、はしゃいだ声を上げていた。やっぱり楽勝。

ところが二十分ほどすると体調が悪くなってきた。手足に力が入らない。冷たい嫌な汗がやたら流れる。頭から血の気が引いてゆく感じだ。そんな私を見て、Yさんが言った。

「朝ご飯、ちゃんと食べてきたよね」

私は黙った。食べていなかったからだ。その頃、朝食はコーヒーだけ、という生活をしていた。それで困ったことはなかったので、いつもと同じように家を出た。むしろ、心のどこかで、食べない方がダイエットになる、なんて思いがあった。

「食べてません……」

「じゃあ、とにかく何か食べて」

と、Yさんは呆れたように言い、休憩となった。私はお昼ご飯に用意していたおにぎりを食べた。

今でこそ、ダイエットの敵みたいに言われているが、炭水化物って何て素晴らしいんだろう。あの時、痛感した。おにぎりを食べたら、身体中に力が漲《みなぎ》ってゆくではないか。

登山用語の「シャリバテ」という言葉を知ったのはずっと後だが、朝ご飯をきちんと摂ることがいかに大切であるかを痛感した。

頂上に立つと新宿のビル群がよく見えた。みんなで写真を撮ったりして、小一時間ほどのんびり過ごした。

「さあ、そろそろ下りようか」

と、Yさんはザックを背負った。てっきり同じコースを戻ると思っていたら、これから小仏城山《こぼとけしろやま》山頂に行って、相模湖《さがみこ》の方へ下りるという。「えっ……」ちょっと怯《ひる》んだ。

「辛いようなら、ケーブルカーで下りてもいいけど」

私の顔を見てYさんは言った。でも、若いふたりはやる気まんまんだ。引くに引けない。

「もちろん、行きます」

だって高尾山なんだから。子供の遠足の山なんだから。

小仏城山頂上まで一時間ぐらいかかっただろうか。着いた時にはお腹がぺこぺこで、すでにおにぎりを食べてしまった私は、茶屋で味噌汁とおでんを注文した。

その後、相模湖の方に下りたのだが、これが実に長かった。樹林帯なので陽射しが入って来ない。いつか辺りは暗くなり、足元が覚束《おぼつか》なくなった。日頃の運動不足のせいで、脹脛や太腿《ふともも》の筋肉がぱんぱんに張っている。両足を踏ん張れずに何度も尻餅をついた。

何とか下山し、相模湖駅に到着した時には疲れ果てていた。

帰りに新宿で打ち上げをしようという話があったが、そんな体力はもうどこにも残っていなかった。ただただ身体を休めたかった。「それはまた別の機会に」ということで、みんなと別れ、家に帰って、ドアを開けたとたん、その場に倒れ込んだ。

あの時、つくづく反省した。

高尾山を舐《な》めてはいけない。

聞けば、高尾山は山岳遭難事故が多いことで知られているという。二〇一六年のデータによると、半期だけですでに約五十件にのぼっているとのこと。年間三百万人も登るのだから、事故が多いのは仕方ないだろうが、多くの人は私と同じ軽い気持ちで登ったのではないだろうか。

私の場合はYさんが道に詳しかったからよかったものの「所詮、高尾山なんだから」など見縊《みくび》ると痛い目に遭うのでご用心ください。

4　山が繋げてくれたもの

若い頃は夜型生活をしていた。今では朝は五時に起き、夜は十時に寝る。基本的に仕事をするのは九時から五時の日中なので、勤めている人とあまり変わりない。一日中外に出ない日もある。

そのせいもあって、仕事が終わるとホッとして、ちょっと一杯やりたくなる。家呑《いえの》みも悪くはないが、準備もあるし後片付けもある。恥ずかしながら料理作りに意欲的ではないので、結局外に食べに行こうという話になる。

軽井沢に移住した当初、ガイドブックを参考にさまざまな店に通った。土地柄のせいで、別荘客や観光客相手のお洒落な店が多く、普段着で出掛けるには肩が凝ってしまう。だからといって地元の人たちが集う店に行っても、常連さんに埋められていてよそ者的な存在になる。どうも落ち着かない。

美味しくて、居心地がよくて、値段がお手頃のお店はないものか。一年ぐらいさまざまな店を回ってようやく絞り込んだのが、地元の旬野菜とおばんざいが楽しめる居酒屋さんと、新潟からも築地《つきじ》からも新鮮な魚が入ってくるお寿司屋さん、地鶏が美味しい焼き鳥屋さん、ほぼこの三軒をローテーションするようになった。

その三軒でよく顔を合わせたのがA夫妻だ。

最初は互いにちらりと目を合わす程度だった。そのうち挨拶《あいさつ》を交わすようになり、話すようになり、いつしかすっかり打ち解け合う間柄になっていた。ここ数年は元旦に別荘にお邪魔して、豪華なお節《せち》料理をご馳走になっている。

Aさんは上品かつ知識人の紳士で、奥様は若くて美しい。気取ったところがなく、とてもキュートでお茶目なご夫妻だ。

出会って一年ぐらい経った頃だろうか、ある日、Aさんがリーダーの顔を見て言った。

「真っ黒に日焼けしていますね。どこかに行ってらしたんですか」

「登山が趣味で、山に登っていました」

Aさんは嬉しそうに「実は僕も登山が好きで、山岳会を作ってよく登っているんですよ」そしてこう続けた。「うちの山岳会のアドバイザーに、深田《ふかだ》さんという登山家がいるんです」

リーダーの顔が一瞬変わった。けれどもすぐに元に戻り「へえ、そうなんですか」と、何でもないように答えた。

「今度、深田さんと一緒に呑みませんか」

「いいですね、ぜひ」

ということでAさんが席をセッティングしてくれた。当日、私たちは先に店に着き、Aさんたちを待っていた。その間、リーダーは「まさか、あの深田さん？　そんなわけはない、あり得ない」とひとりでぶつぶつ言いながらビールを呑んでいた。

やがてAさんが深田さんと一緒に現れた。その姿を見たとたん、リーダーは椅子から立ち上がり、直立不動の姿勢になった。

「まさか深田良一《りょういち》さんが来られるとは思いませんでした。お目にかかれて光栄です」と、深々と頭を下げるではないか。その様子に私はびっくりした。こういっては何だが、リーダーは野放図《のほうず》なタイプで、人と会う時には失礼がないかといつもハラハラしてしまう。けれども、その時ばかりは違っていた。まるでアイドルを前にした少年のように顔が輝いていた。そんなリーダーを見るのは初めてだった。

その夜、リーダーは深田さんと遅くまで話し込んでいた。家に戻ってからも「まさかあの深田さんだったとは、あの深田さんと話ができるとは」と、興奮冷めやらぬ様子で浮かれていた。

「深田さんってどういう人？」

そこで、私は初めて知るのである。

深田良一。一九四二年生まれ。二〇歳の時に山学同志会に入会。七〇年、アイガー北壁ダイレクト・ルート冬季世界第二登。七三年、RCCⅡエベレスト南西壁登攀《とうはん》参加。更にヒマラヤ・ジャヌー北壁世界初登攀、カンチェンジュンガ北壁無酸素世界初登攀、等々、さまざまな登攀記録を樹立した登山家だったのである。

当時の山学同志会といえば、カリスマ的な登山家、小西政継《こにしまさつぐ》さんが会のリーダーを務めていた。それだけでなく日本の山岳界をもリードしていた。その小西さんの元で、同志会の副隊長、登攀隊長として活躍していた方である。まさに、憧れの伝説の登山家が目の前に現れたのだから、リーダーの目がハートになっても仕方ないだろう。

お会いするようになって、私も深田さんに魅了されていった。山岳キャリアはすごいが、それればかりではない。勝手なイメージだが、山男は「所詮、女なんか」と見下していると思っていた。けれども深田さんにそれはまるっきりなかった。私の「山を楽に登れる方法はないですか」という馬鹿げた質問にも「残念だけど、それはないなぁ。あるなら僕も教えて欲しい」と笑って答えてくれるような方である。

山屋としてはもちろんだが、話していて楽しく、その上、男の色気がある。とにかく魅力的な方である。

そんな深田さんとの出会いが影響したのかもしれない。それから、リーダーは浅間山だけでなく、ひとりで八ヶ岳や穂高に足を延ばすようになった。そうなると登山会のメンバーからも、「別の山に登りたい」という声が上がるようになった。

もともと発足した登山会は、春と秋の二回、日帰りで浅間山に登ろうという趣旨で始まっていた。登山が初めての人でもＯＫ、たまには山登りでもしてみたい、という人たちだけが集まる気楽な会だ。規則らしいものは何もない。

それが「やっぱり八ヶ岳や穂高や劔《つるぎ》にも登ってみたい。できれば縦走や冬山にも挑戦したい」と言い出すメンバーが現れた。

これにはびっくりした。

手を挙げたひとりに編集者の貴島潤《きじまじゅん》さんがいる。貴島さんとは古く、付き合いはもう四半世紀になる。私に初めてサスペンス小説を書かせてくれた人だ。書下ろしの依頼だったのだが、知らないことが多過ぎて、書くのが実に辛かった。そのせいで、以降、情けなくも書下ろしの仕事は受けていない。貴島さんは十年ほど前からマラソンを始め、今では月に二〇〇キロを走るという。私の車より走っているのだから驚きだ。私は密かにアスリーター貴島と呼んでいる。どうやら走るだけでは飽き足らず、登山にも興味をそそられたようである。

また、このエッセイの担当でもある小林晃啓《こばやしあきひろ》さんは、学生時代からの筋金入りのランナーで、フルマラソン自己最高記録二時間四十五分という驚きのタイムを保持している。

こちらはハイブリッド小林。どうやら登山だけでなく、トレラン（トレイルランニング）

も狙《ねら》っているらしい。

そこに若くエネルギッシュで、味のあるボケ役タイプの園原行貴《そのはらゆきたか》さんも加わって（ディーン・フジオカ似なのでディーン園原と呼ぶ）、三人は一〇〇キロマラソンにも出場しているくらいのアスリートたちである。もっと挑戦したい、という思いに駆られるのも、当然だったのかもしれない。

意外だったのはメンバーの中では最年長の編集者、鈴木広和《すずきひろかず》さんで、彼は芯から文系だ。登山なんて興味はないと思っていた。ところが、たまたま浅間山登山に参加したのがきっかけで、すっかり山に魅《み》せられてしまった。実はいちばんに「別の山にも」と、声を上げたのも鈴木さんだった。最初に一緒に登った時は、失礼だけれどとても弱くて、この私が心配してしまうぐらいゼイゼイ息を上げていたのに、今では体力気力十分の山男である。それでも、少しも変わらず、私のもたもたした登りに最後まで付き合ってくれる忍耐強い編集者でもある。鈴木さんを見ていると、人って変わるものだとつくづく思う。シューマン鈴木と名付けたのは、彼はいつも、自分に合った登山靴を探し求めているからである。

G舎の菊地朱雅子《きくちすがこ》さんも、以前はランニングをしていたが、膝を痛めてしまい、それから山に興味を持ったという。彼女ともうずいぶん長い付き合いになった。互いのいい時も悪い時も知っている気心知れた編集者のひとりである。彼女のすごさは、決して弱音を吐かないこと。どんなに辛い山行《さんこう》でもいつも涼しい顔をしている。スリムな体軀《たいく》と、愛嬌ある美貌の持ち主で、ペコちゃんに似ているという声は多いが、私はベティちゃんの方が似ていると思うので、これからはベティ菊地さんと呼ぶ。

そして、作家の馳星周《はせせいしゅう》さん。馳さんとは、かつてたまにパーティで顔を合わせるくらいで、ほとんど話したことはなかった。年も離れているし、金髪にサングラス、元新宿ゴールデン街の住人で、ハードクライムノベル作家、私たちに接点などあるはずもない。

ところが軽井沢に越して三年ほどした頃、馳さんも移住してきた。理由は我が家と同じで犬のためである。偶然ご近所になり、それから時折、夫婦同士で食事をするようになった。

呑んでいる時、ふとリーダーが馳さんに言った。

「山をやらないか」

「山ですかぁ……」

最初は乗り気ではなかったようである。

「いい写真が撮れるぞ」

「ん！」

それで決まりだった。もともと写真好きだった馳さんのカメラマン魂に、火が点いたのである。

それからよく一緒に登るようになったのだが、ノワール馳さんの山への情熱は、登れば登るほど熱くなっていくばかりだ。

こんなふうに、気楽な登山会はいつしか山岳会の顔も持つようになっていった。

初めての山小屋泊

私が浅間山系以外で初めて登ったのは涸沢《からさわ》だ。

北アルプス穂高連峰に囲まれた涸沢カール（二三〇〇メートル）に、紅葉を見に行こう。そんな話になったのは、登山を始めて二年目の十月初旬である。月に一度か二度は浅間山に登っていて、少しは自信もついた。私自身、そろそろ他の山も登ってみたいと思うようになっていた。

涸沢カールの紅葉は、それはそれは素晴らしい眺めだという。早速、計画を立てた。日程は余裕をもって三泊四日にした。コースは初級だけれど、何しろ浅間山以外に登るのは初めてで、目的が涸沢カールとはいえ穂高なので大事を取ったのだ。何より、私にとって、これが初めての泊まりがけ登山でもある。緊張しつつも気分は高揚していた。

参加者は五人。朝早くに車で自宅を出て、三時間ほどかけて松本《まつもと》へ。そこから上高地（一五〇〇メートル）に向かう。ただマイカー規制されているので、最寄りの沢渡《さわんど》という町の温泉旅館に車を駐め、三十分ほどタクシーに乗った。

初めての上高地は、パンフレットで見るのと同じだった。美しく透き通った梓川《あずさがわ》、大《たい》正池《しょういけ》、そしてシンボルでもある河童橋《かっぱ》。どこも登山者と観光客でごったがえしていた。

上高地に到着後、すぐに出発して、明神《みょうじん》、徳沢《とくさわ》をそれぞれ一時間ほどかけて歩いてゆく。今夜は横尾《よこお》（一六〇〇メートル）で一泊の予定だ。上高地との標高差はたった一〇〇メートルしかないので、ほぼ平坦な道を進んでゆく。昨日は雨が降り、残念ながら、その日もどんよりした雲が北アルプスの稜線を覆っていた。

でも、滔々《とうとう》と流れる梓川を左手に見ながら、整備された道をのんびり歩くトレッキングも悪くない。気分は浮かれていた。

途中、断崖絶壁で知られる屏風岩《びょうぶいわ》に滝が見えた。前日の雨によって突如現れる幻の滝だそうだ。見られたのはラッキーだった。

初めて泊まる山小屋は横尾山荘。イメージとして、山小屋は狭くて暗くて、布団や枕は古びていて湿っぽく、ぎゅうぎゅう詰めで寝かされる、と思っていた。けれどもそこは建物も新しく、山小屋というよりペンションに近かった。部屋にはいくつか種類があって、私たちが通されたのは、二段ベッドが四組並んだ八人部屋だ。知らない人たちと一緒なのは少し気を遣うけれど、ベッドはカーテンで仕切られているので、ある程度のプライバシーは守られる。

食事も想像していたよりずっと美味しかった。お風呂もあって有難かった（石鹸、シャンプーは使えない）。けれども何しろ紅葉シーズン真っ只中、平日とはいえ宿泊者が多くてのんびりできない。すべて入れ替え制で、食事は三十分、お風呂も十分という慌ただしさだった。

翌朝も天気はすぐれず、雨が降っていた。そのまま横尾でしばらく待機。二時間ほどしてようやく小雨になったところで出発した。山小屋の目の前にある横尾大橋を渡り、いざ涸沢カールに向かって歩き始めた。

登山道は岩場だったりガレ場があったりしたが、怖さに足を竦ませるというような箇所はなく、むしろ、穂高に向かって歩いているんだと実感できるような勾配が続いていた。教えられた通り、歩幅を狭く、呼吸は吐く方を意識しながら登ってゆく。休憩ポイントとなる本谷橋《ほんたにばし》まで約一時間。標高は一七八〇メートル。実際、小さな吊橋がかかっている。岩に腰を下ろして、水分と行動食を補給した。

二十分ほどして出発となった。目的の涸沢カールまであと二時間の予定だ。

ここから勾配はやや急になり、だんだん息が上がっていった。慣れた人には笑われてしまうだろうが、やはりその頃の私にはなかなかにきつい行程だった。ただ、登れば登るほど黄色く染まったダケカンバや燃えるように赤く色づくナナカマドが目に嬉しく、気持ちを後押ししてくれる。

涸沢カールに到着したのは昼過ぎである。まだ曇り気味だったけれど、目の前にカールが大きく広がり、岩山と雪渓と紅葉のコントラストの見事さに見入った。

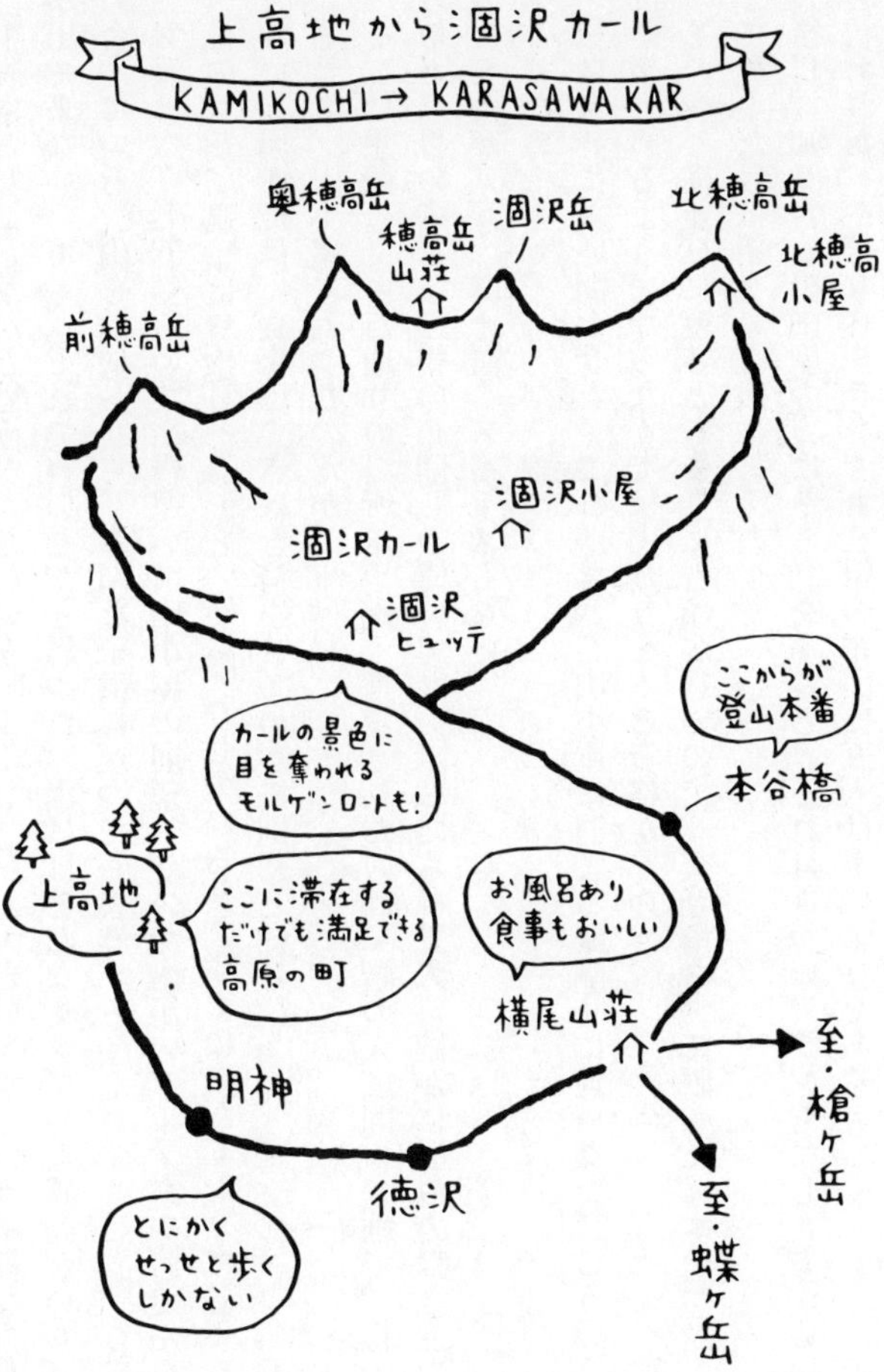
上高地から涸沢カール
KAMIKOCHI → KARASAWA KAR
奥穂高岳
穂高岳山荘
涸沢岳
北穂高岳
北穂高小屋
前穂高岳
涸沢小屋
涸沢カール
涸沢ヒュッテ
ここからが登山本番
カールの景色に目を奪われるモルゲンロートも!
本谷橋
上高地
ここに滞在するだけでも満足できる高原の町
お風呂あり食事もおいしい
横尾山荘
至・槍ヶ岳
明神
徳沢
至・蝶ヶ岳
とにかくせっせと歩くしかない

小説家としてどうかと思うが「きれい〜」「すご〜い」「大きい〜」という単純な言葉しか出て来ない。でも、それでいいんだと思った。山にはそんなシンプルな感動がいちばん似合っている。山を前にしたら、みんな子供に戻ってしまう。

気温は六、七℃ぐらいで結構寒い。山小屋の展望テラスで温かいラーメンやおでんを食べたのだが、風景に見惚《みと》れていたり、お喋《しゃべ》りしていると、すぐに冷たくなってしまう。こういう場所では、食事はてきぱき済ませるのが鉄則だと知る。

そして、山小屋に入ったのだが――。

そこは想像していた通りの場所だった。指定されたのは二階の大広間の一画で、行ってみると三畳の広さに三組の布団しか置いてない。私たちは五人。確かに混み方は大変なものだったが、ザックを置くスペースもない。

「ここなの……」

私は自分に言い聞かせた。これがきっと山小屋に泊まる醍醐味に違いない。こういう状況を楽しめるようにならなくては山登りをする資格がない。

その夜、横並びに寝るとあまりにも顔が近いので、交互になって眠った。エチケットとして靴下だけは新しいものに替えた。

後日、知り合いの山屋の方にその話をすると「それはきつい。テントにした方がいい」と言われた。やはりベテランでも三組の布団に五人は辛いようである。

その夜、天候は荒れ、窓に霰《あられ》がびしびし当たってうるさいくらいだった。これだと明日の朝は無理かもしれない。

というのも、涸沢カールに登ったのは紅葉を愛《め》でるだけでなく、もうひとつ、モルゲンロート（朝焼け）を見るという目的があったからだ。

ほとんど眠れぬまま朝を迎えた。外を見ると、幸運にも天気は回復していた。急いでダウンジャケットを着込み、外に出ると、すでに多くの登山客が立っている。三脚でカメラを構えたおじさんたちもいっぱいいる。気温は〇℃くらいだ。

震えながらしばらく待っていると、やがて山肌が赤く染まり始めた。夕陽のような濃厚な赤ではなく、澄んだ赤。辺り一帯がみるみる色を変えてゆく。空も雲も人も赤に染まってゆく。

何てきれい……。

昨夜はあんなに荒れていたのに、こんな美しい風景を見せてくれるなんて、自然は優しいのか、気まぐれなのか。とにかく十二分に満足できる景色だった。

たっぷりとモルゲンロートを堪能《たんのう》してから、山小屋に戻り、朝食を済ませた。

荷物をまとめ、さあ下山である。

この下山が意外と曲者《くせもの》だった。昨夜降った雪と霰が凍り、道がツルツルになっている。滑ったら転ぶだけでは済まない。きっと坂道を転げ落ちてしまう。

山の事故は九〇パーセントが下山時に起こるという。すっかり緊張して、ストックを持つ手に力が入り、肩ががちがちに凝《こ》ってしまった。

その日はちょうど土曜日と重なって、多くの登山者が次から次と登って来た。ルールでは、下りが立ち止まって道を譲らなければならないが、登りの数が半端じゃない。三十人とか五十人くらいのグループが何組も続く。譲ってばかりいたら下りられない。というわけで、その時ばかりは交互に譲り合うことにしてもらった。

横尾から上高地への戻り道も思いがけず辛かった。勾配はないので体力的には楽なのだが、距離の長さにだんだん気持ちが萎《な》えてゆく。次の山小屋に着いたらソフトクリームを食べよう。熱いコーヒーを飲みたい。いや、やっぱりビールでしょう。そんなことばかり考えながら足を運んだ。

三時間ほどで、上高地に到着。

せっかくだから、記念になるものを買いたいと土産物屋《みやげものや》に入った。バンダナとかキーホルダーとか穂高饅頭《まんじゆう》とか、修学旅行に来た中学生みたいな気分で店内をうろついた。

店内は混んでいて、その中にはたぶん穂高を縦走してきたであろう、三日間はお風呂に入っていないと思われる、無精髭《ぶしようひげ》を生やし、汗と泥に汚れたウェアの山男たちがいた。そしてその隣では、上高地にリゾートを楽しみに来たであろう、ブランドもののハンドバッグを持ち、ヒールの高いパンプスを履いた優雅なマダムもお土産を買っている。

このシュールな組み合わせも、きっと上高地の見所に違いない。

その日は、車を駐車した沢渡の温泉に泊まった。

そのまま帰ろうと思えば、帰れないわけではなかったが、ゆっくり温泉に浸かって、みんなで乾杯をしたかったのだ。

山登りはしんどい。好きで登っているとはいえしんどい。何回登ってもそう思う。途中「来なければよかった……」と、二度か三度は後悔する。目的の地を踏めれば嬉しいが、そこで終わるわけではなく、下りが待っている。気を抜くと痛い目に遭う。緊張感を持続させなければならない。

それでも頑張れるのは、下山後に呑み会が待っているからだ。

どんな山に登ろうと、これが笑ってしまうほど盛り上がる。アドレナリン全開になっているせいか、みんなものすごくテンションが高い。山に行けば、毎回、何かしらのアクシデントに見舞われるものだが、それを肴《さかな》に呑む時間の楽しいこと。あっという間に時間が過ぎてしまう。沢渡の温泉でもまさにそうだった。

そう言えば、以前、下山がすっかり遅くなり、そのまま解散したことがあった。あの時の不完全燃焼といったら……。家でひっそり呑むビールのむなしかったこと。

登山は、下山後の呑み会がセットになってこその楽しみなのである。

5　稜線に惹《ひ》かれて

長野県と山梨県の県境に位置し、南北三〇キロ余りにわたっている八ヶ岳連峰は、私の住む軽井沢からもよく眺められる。

夏沢峠《なつざわとうげ》を境にして北と南に分けられ、北には蓼科山《たてしなやま》（二五三一メートル）、天狗岳《てんぐだけ》（二六四六メートル）などがあり、南には八ヶ岳最高峰の赤岳《あかだけ》（二八九九メートル）をはじめ、硫黄岳《いおうだけ》（二七六〇メートル）、横岳《よこだけ》（二八二九メートル）、阿弥陀岳《あみだだけ》（二八〇五メートル）などが連なっている。

初めて登ったのは北八ヶ岳の蓼科山で、別名・女《め》の神山《かみやま》、または諏訪《すわ》富士とも呼ばれている。たおやかな稜線は確かに富士山に似ていて、麓《ふもと》は豊かな森に包まれ、尾根は優雅なラインを描いている。

蓼科山なら初心者でも登れるし、達成感も味わわせてくれ、また行程約四時間の日帰りにはもってこいというので、登りに行った。

登山口は七合目（標高約一九〇〇メートル）。頂上までの標高差は六〇〇メートル強といったところだ。季節は晩秋で、すでに紅葉の時期は過ぎ、多くの木々は葉を落としていた。天気はよかったものの寒い。でも、歩けばすぐ暑くなるのはわかっている。

登り始めはなだらかで、森の中をハイキング気分で抜けて行った。道の脇に並ぶ木は樅《もみ》の木とよく似ているけれどシラビソという。山らしい響きのあるいい名前だ。そして、苔《こけ》が見事なほどに美しい。

苔といえば、同じ北八ヶ岳の麦草峠《むぎくさとうげ》に「にゅう」という二三五二メートルの山がある。駐車場が二一〇〇メートルにあるので、気軽にトレッキングが楽しめる山岳地だ。「白駒《しらこま》池《いけ》」が有名で紅葉の季節には多くの人が訪れている。

初めて行った時、原始の森を埋め尽くす苔の美しさに圧倒された。まさに緑の絨毯《じゅうたん》。あんなにさまざまな苔を見たのは初めてだ。覗《のぞ》き込むと苔が森に見えてくる。盆栽が宇宙だと言われるのと同じく、苔の世界も宇宙だと思う。見ていて飽きない。瑞々しく艶《あで》やかで、神秘的。そこで初めてヒカリゴケも見た。以来、苔マニアの方々の気持ちがよくわかるようになった。

さて、話は蓼科山に戻るが、登り始めた時は「これなら楽勝」と思った。

しかし、やはりそんな簡単にはいかなかった。二十分ほど歩いたところで「ええっ」と叫んだ。目の前に思いがけず急斜面が現れたからだ。

道標《どうひょう》に「馬返し」と記されている。その名の通り、ここから先は馬が引き返すほど登山道が険しくなるとのことである。まったく昔の人は上手《うま》いことを言う。確かに、馬も登るのを拒否するだろう。傾斜がきついばかりでなく、岩や石がごろごろしていて、あちこちに倒木もある。

いよいよか、と緊張した。

岩を摑み、樹木を頼りに登り始めた。毎度のことだけれど苦しい。筋力と心肺機能の足りなさを改めて感じさせられる。けれども初心者向けの山で、あまりみっともない真似はできない。弱音を吐きそうになるのをぐっとこらえて、メンバーたちの後ろを付いて行った。

一時間半ほど登って、将軍平《しょうぐんだいら》と呼ばれる平坦地に出た。蓼科山荘という山小屋があり、外のベンチに座ってしばし休憩を取った。

見上げると、森林限界を越えた辺りから、頂上に続く道が延びている。白っぽく映るのは土道ではなく、岩道だからだ。標高差二〇〇メートル弱の更なる急登《きゅうとう》だ。

頂上まで登れるかなぁ。

正直なところ、やや不安になった。

そんな思いでコーヒーを飲んでいると、馬返しの方から中年の男性が登って来るのが見えた。足元は地下足袋《じかたび》、背負子《しょいこ》に大きな段ボール箱を三つも括《くく》りつけている。どうやら山荘に荷物を運ぶ歩荷《ぼっか》の方のようだ。

いくらプロとはいえ、あの岩だらけの道を地下足袋で、それも頭の上から一メートルほども飛び出した荷物を背負って登って来るなんて信じられない。いったいどれほどの体力の持ち主なのだろう。服の上からでも締まった肉体が窺《うかが》われた。表情は修行僧のように穏やかで「頼もしい」という形容詞がぴったりの姿に、思わず惚れ惚れしてしまった。

将軍平で十五分ほど休んで出発。

頂上へ向かう道を登り始めたが、想像通りきつい。急勾配の上に、大きな岩を乗り越えなければならない。摑むというより、岩にしがみつくようにして、身体を持ち上げた。

「三点確保」

との声が掛かった。岩に取り付く時、手足の四つのうち動かしていいのはひとつだけだ。岩登りは、浅間山の外輪山のひとつ、水ノ塔山《みずとやま》（二二〇二メートル）で経験したことがあるが、傾斜も距離も比較にならない。傾いた岩に足を乗せるのが怖い。滑って転げ落ちてしまいそうだ。

「岩肌が乾いているから登山靴は滑らない。靴を信用しろ」

と、言われるが疑ってしまう。本当に滑らない？　怖いものは怖いのだ。

途中に鎖《くさり》があり、それを頼りに登るのだけれど、鎖自体も結構重い。岩を摑み、鎖を握り、ひたすら登ってゆく。ただ腕力に頼り過ぎると、筋肉が少ない分、疲れも大きいという。「腕じゃなくて、なるべく足を使え」と言われても、ついしがみついてしまう。すっかり腰が退けているのが自分でもわかる。みっともない姿だけれど仕方ない。これで本当に初心者向けなんだろうか。

何だか騙《だま》されたような気分になりながら、四十分ほどかけて登ったところでヒュッテが見えて来た。ようやく山頂に到着である。

頂上に立ったとたん、目の前の風景に驚いた。とにかく広い。野球ができるほど広い。足元はごつごつの岩だらけだけど、まさか頂上にこのような場所が待っているとは思ってもいなかった。

その上、遮《さえぎ》るものが何もなく、眺望が素晴らしい。私のホームマウンテン浅間山を始め、南八ヶ岳連峰、北アルプスなどなど信州の山々を一望することができる。幼木と入れ替わるために帯状に針葉樹が枯《か》れてゆく縞枯《しまが》れも見られた。

こういう風景と出会えると、疲れも吹っ飛んでしまう。山々の連なりに目を奪われながら、気持ちはすっかり浮かれていた。

そんな時、私は大概、忘れている。これから下りが待っているということを。

岩だらけの急斜面は、下りこそ慎重さが必要になる。登りの時は、身体はきつくても、目線が足元に集中するので怖さはあまり感じないが、下りは全風景が目の前に広がるので、身が竦む。ジェットコースターのいちばん高いところから下を見ているような状況を想像していただけたらと思う。

高度感に足が震え、加えて、登りで使い切った筋肉が疲労で震え、運ぶ足が覚束《おぼつか》ない。へっぴり腰なのは自分でもわかるが、どうしようもない。

緊張感は、気持ちも身体も疲弊させる。「もう、岩場の登山はやめよう」と、情けないくらい後ろ向きな気持ちで必死に下り続けた。

一時間かけてようやく下山終了。

しかし、これまた不思議なことに、無事に下りられると「私にだってやれるじゃない」と、妙な自信がついていた。

きっと、こうやって人は山に嵌《は》まってゆくのだろう。

その蓼科山から見た稜線がとても美しくて、いつか南八ヶ岳に行きたいと思っていた。叶ったのは翌年だ。せっかく登るなら八ヶ岳最高峰の赤岳を狙いたい。ただ日帰りは難しいので、赤岳鉱泉（約二二二〇メートル）で一泊することになった。

登山口は長野県茅野《ちの》市にある美濃戸《みのと》（約一七六〇メートル）で、そこの駐車場に車を置いて出発した。

始まりは車も通れるような広い砂利道だ。秋の初めで、道路沿いにトリカブトが群生していた。猛毒を持つトリカブトだが、ブルーの花がとても美しい。

最初の休憩地点・堰堤《えんてい》広場まで二キロほど、標高差約三〇〇メートル、一時間弱を歩く。

短い橋を渡ったらここからが山道になる。

水量豊かな沢沿いを歩いてゆくのは心地いい。川音を聞いているだけで気持ちが落ち着く。急な勾配もなく、周りは緑に溢れ、鼻歌でも歌いたくなる。いくつかの橋を渡りながら一時間ほど歩いて、今日の宿となる赤岳鉱泉に到着した。

赤岳鉱泉からは阿弥陀岳、赤岳、横岳、硫黄岳の連なった峰を望むことができる。それもびっくりするほど間近に見える。明日登る山が実感できるのは嬉しい。

そして、有難いことに温泉がある（夏季のみ）。鉱泉を温めたお湯で、石鹸やシャンプーは使えないが、湯に浸かるだけで疲れが取れる。

夕食は名物のステーキ。初めて食べた時はびっくりした。だって山小屋でステーキ！もちろん美味しい。日替わりで煮カツやシチューの時もあるという。飲み物も、生ビールを始め、ワインや日本酒も置いてあるのでついつい頼んでしまう。といっても、翌日のこともあるのでほどほどにしておく。

部屋は個室を予約した。別料金がかかるが、それくらいの贅沢《ぜいたく》は許そう。

個室はいくつかあって、私たちが泊まったのは四つのベッドがある洋室だ。ベッドがあることにも驚いたが、部屋自体が広いので、荷物も広げられるし、ゆったりと過ごせる。更に羽毛布団なので暖かい。洗いたてのシーツというわけにはいかないが、山小屋ではそんなことは言っていられない。

私はいつも、山小屋泊の時は、枕に敷くのと顔回りをカバーするために日本手拭いを持ってゆく。それと内履き用のスリッパ。夏でも標高二〇〇〇メートルとなると、朝晩の気温は低く、少し離れたトイレに行く時など、履物があると足先が冷えずに済む。前に、涸沢の山小屋で三つの布団に五人で寝た話を書いたが、それに較《くら》べたら五つ星ホテルぐらいの快適さだ。

夜九時に就寝。窓の外は満天の星。天の川も眺められる。山々のシルエットが濃く浮かんでいる。静けさが沁みて、山に包まれている心地よさを実感しながら目を閉じた。

実は、赤岳の山頂に到達するまでには何度も通っている。

天候状態がよくなくて、赤岳鉱泉に泊まってそのまま帰ったこともあれば、硫黄岳の手前の赤岩《あかいわ》の頭《かしら》までや、行者小屋《ぎょうじゃごや》に行く途中の中山《なかやま》展望台まで行って引き返したこともある。天候には勝てないのでこればかりは仕方ない。悔しがるよりも、また来ればいいと鷹《おう》揚《よう》に考えるようにしている。

何度目かに登ったその日は天気もよく、最高の登山日和《びより》になりそうだった。

朝食を済ませ、意気揚々《ようよう》と赤岳鉱泉を出発した。四十分ほどで行者小屋に到着。そこから徐々に勾配がきつくなってゆく。登るのは地蔵《じぞう》尾根と呼ばれる一般ルートだ。樹林帯を抜けたところで、目の前に崖が目に入った。

崖。

そう、少なくとも私にはそうにしか見えなかった。でもその崖に梯子と鎖が設置してある。

まさか、ここを登るの？

「行くぞ」

リーダーの声に、私は自分に言い聞かせた。

確かに崖にしか見えないけれど、梯子や鎖があるのだからそれに摑まっていれば落ちることはない。とにかく頑張るしかない。

そうやって必死に三分の一ほど登ったところで、上から人が下りて来た。

どういうこと？　登りが優先じゃないの？

しかし、あちらはどんどん下りて来る。鎖は一本しかない。どうやって擦れ違うのだろう。

「ちょっとトラバース（斜面を横断）しよう」

そう言ってリーダーは鎖から手を放すと、横へと進んでいった。状況がわからないまま、私もそれに倣《なら》った。そして三メートルほど進んだところで、ハッと我に返った。瞬間、身体が硬直した。ここは崖だ。なのに鎖はない。岩の斜面のちょっとした出っ張りに、ようやく登山靴を乗せて、私は今、立っている。左側は絶壁。もしここで足を滑らせたら。

「無理、無理、無理、絶対に無理」

立ち竦んだまま、私は叫んだ。

「行ける、大したことはない」

「無理、無理、無理」

今となれば情けない限りだが、ひたすら同じ単語を繰り返した。でも引き返すこともできない。この状況で身体を逆向きにするなんてできるはずがない。もう頭はパニック。だからといってこのまま止まっているわけにもいかない。

「とにかく、渡れ」

リーダーは淡々と言う。さすがに私も覚悟した。そう、行くしかないのだ。私は山側に思いっきり身体を預けて、一歩足を出した。そしてもう一歩。そうやってそろそろ進み、何とか渡り切ることができたのである。

安全な場所に着いて、しばらく言葉が出なかった。ようやく気持ちが落ち着くと、

「何でこんな怖いところを登らせるの」と、また叫んだ。

しかしリーダーは「登れたじゃないか」と涼しい顔をするばかりだった。

身も凍るような尾根を抜けて、地蔵ノ頭《あたま》に出た（本当にお地蔵さまが置いてある）。そして赤岳天望荘《てんぼうそう》という山小屋に到着。そこでお昼ごはんを食べたのだが、もうぐったりだった。それでも、あんな怖い思いをしてここまで来たのだから、何とか赤岳の頂上まで登

りたい。

頂上までのルートは、険しい急登で足場がよくなく、鎖もあるガレ場だった。けれども地蔵尾根があまりに怖かった分、意外と大したことはないと思えたのは、逆によかったのかもしれない。

四十分ほどで八ヶ岳連峰最高峰・赤岳山頂に到着。空は真っ青。富士山がくっきりと見える。

ああ、登ってよかった——。


さて、下る段になって、私は断固言った。

「地蔵尾根は下りない」

「下りは鎖のあるところを使う」

と言われても、あの恐怖を思い出すととてもじゃないが受け入れられない。

「絶対に下りない」

リーダーも根負けしたようである。

「少し時間はかかるが、文三郎《ぶんざぶろう》尾根から下りるか」

というわけで、そちらのコースを下ったのだが、実はそこも十分に怖かった。すでに登りで疲れていたせいもあるが、鎖に振られて何度も尻餅をつき、手摺《てすり》のない梯子がたくさ

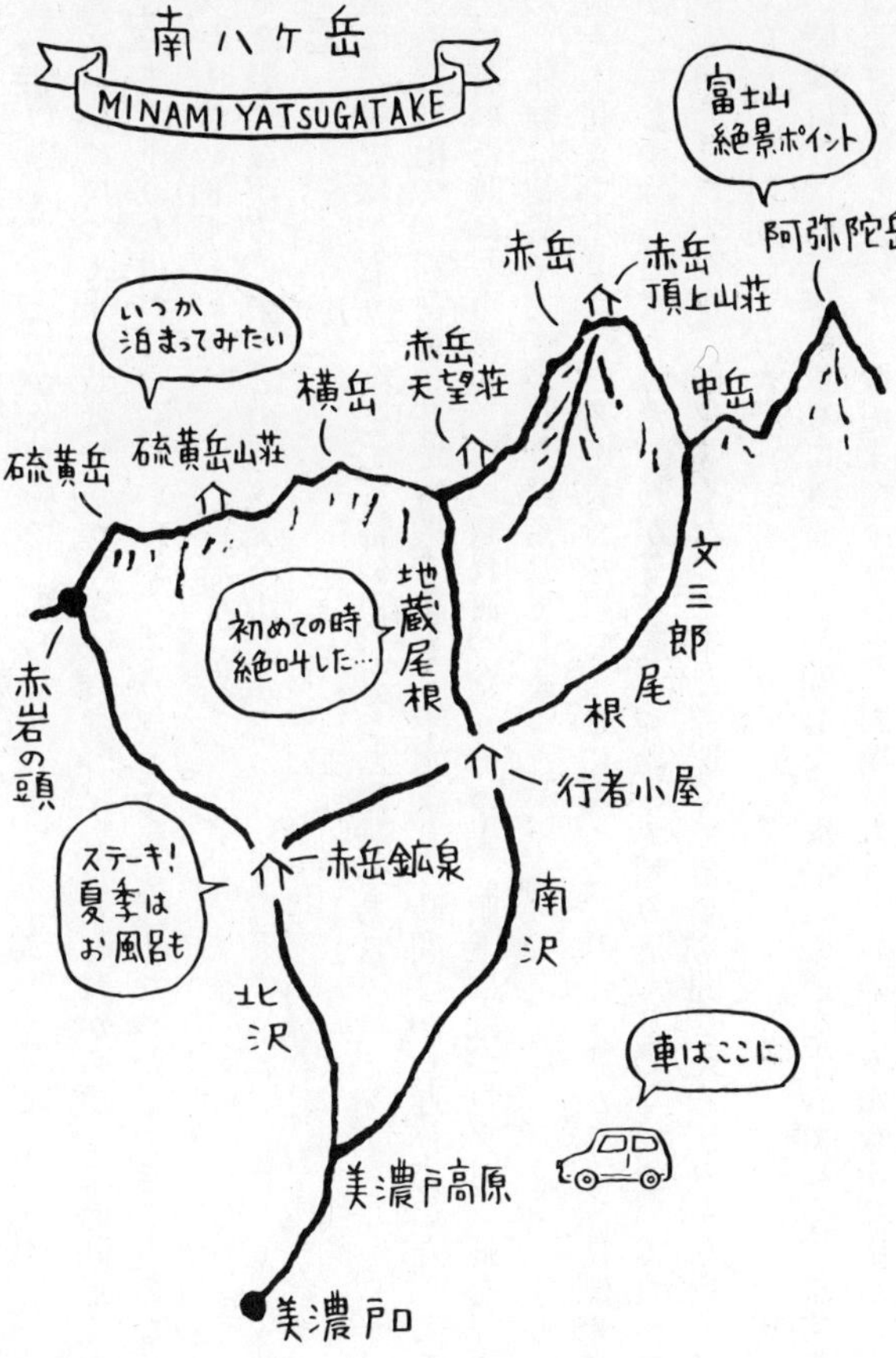
南八ケ岳
MINAMI YATSUGATAKE
富士山
絶景ポイント
阿弥陀岳
赤岳
赤岳
頂上山荘
いつか
泊まってみたい
赤岳
天望荘
中岳
横岳
硫黄岳
硫黄岳山荘
地蔵尾根
文三郎尾根
初めての時
絶叫した…
赤岩の頭
行者小屋
ステーキ!
夏季は
お風呂も
赤岳鉱泉
南沢
北沢
車はここに
美濃戸高原
美濃戸口

んあって足が震えた。距離も長いし、時間もかかる。それでもこっちがいいと言った手前、弱音を吐けなくて、とにかく夢中で下山した。

赤岳鉱泉に戻って来た時は足ががくがくになっていた。これから更に二時間近くかけて美濃戸まで下りなければならないのか。そう思うと気が遠くなった。できるものなら赤岳鉱泉にもう一泊したい……。

そう思いながら、やっとの思いで下山した。


実は赤岳では、もう一度とても怖い思いをした経験がある。

その日は雨で、赤岳天望荘で待機が続き、予定より二時間ばかり遅れていた。ところが頂上に着いた時は、奇跡のように晴れ渡った。その上、眼下に虹が見える。虹を見下ろすなんて体験は初めてですっかり興奮してしまった。

頂上山荘まで下りたところで昼食を摂ることになった。リーダーから「赤岳鉱泉に下りてからにしよう」と言われたのだが、空腹だったので頼み込んだのだ。急いで食べて、その後、出発したのだが、雨が強くなって来た。遠くで雷鳴も聞こえる。みんな無口になって、ひたすら斜面を下りた。

二時間ほどかけて赤岳鉱泉に到着。休む間もなく沢沿いの道を下ってゆく。ますます雨は激しさを増していた。堰堤まで下りると、岩場はもうないのでみんな走り出した。私も走った。けれどまったく追いつかない。あっという間に、みんなの姿は見えなくなった。日が暮れ、辺りは急激に暗くなってゆく。雨もやまない。そこで本格的に雷が鳴りだした。道の真ん中を走ると落ちるのではないか、でも、木に寄り過ぎるのも危ないと聞いたことがある。首を竦めながら走った。

その時、ものすごい稲光と炸裂音が。

思わず絶叫して、しゃがみ込んだ。ぼやぼやしてはいられない。大丈夫と自分に言い聞かせた。ここは低い場所なんだから落ちるはずがない。とにかく走る。雨が目に入って痛い。それでも走る。ようやく登山口の美濃戸に到着した時には精根尽き果てていた。

そんな思いはしたけれど、赤岳はやはり素晴らしい山だ。何度登ってもまた行きたくなる。あんなに怖かった地蔵尾根も今は平気になった。

その後、天狗岳、硫黄岳、横岳、阿弥陀岳と登るようにもなった。

北も南も、八ヶ岳は魅力溢れる山である。

谷口《たにぐち》けいさんのこと

八ヶ岳の名を耳にすると、いつも登山家の谷口けいさんを思い出す。

一九七二年生まれ。デナリ（マッキンリー）、マナスル、エベレストをはじめ、世界の名峰を数々踏破された。初登頂、初登攀の記録も数多く樹立されている。

二〇〇八年、カメット未踏ルート南東壁初登攀で、第十七回ピオレドール賞を女性として初めて受賞された。まさしく世界から注目を浴びる登山家のひとりだった。

谷口さんとは、私が山に登るきっかけとなった『一瞬でいい』という小説の解説を引き受けてもらったことが縁でお目にかかった。

会ったとたん、なんて気持ちのいい人だろうと思った。日に焼けた笑顔が眩しい。全身から森と風と雪の匂いが立ち昇ってくるようだ。そこにいるだけで周りを明るくする。その爽《さわ》やかな佇《たたず》まいと、穏やかでどこかはにかむような話しぶりにたちまち魅了された。

谷口さんにとって八ヶ岳は特別な山だという。海外遠征から帰って来ると、すぐに八ヶ岳に行く。体調がすぐれなかったり、気持ちが沈んだりした時も同様で、八ヶ岳に入ると身体も心も落ち着きを取り戻すのだそうだ。

八ヶ岳には不思議な力がある。私も登るようになってそれを感じる時がある。行くと、ここに来たというよりも、帰って来たという感覚になる。

二〇一五年・冬。

谷口さんは北海道・大雪山系黒岳《たいせつさんけいくろだけ》で滑落し、亡くなった。享年四十三。あまりに突然の訃報だった。

あんなに山を愛した谷口さんを、奪っていったのも山だった。言葉もない。

6　登山は遊びか、冒険か

山派か海派か、と聞かれたら、若い頃は誰が何と言っても海派だった。海という音の響きそのものが心を浮き立たせてくれた。旅行に出掛けるのも海のある場所が多かった。齧《かじ》った程度だけれど、マリンスポーツにもチャレンジした。サーフィンやシュノーケリング、海釣りのクルーズにも参加した。

それに比べて山は地味。山というのは単なる風景としての存在だった。ところが、五十代も半ばになって、ひょんなことから登山を始め、少しずつ体力が付き、だんだん登れるようになってくると、何て山は素晴らしいのだろうとしみじみ思うようになった。

今はもう、断然、山派。海水浴から森林浴へとシフトチェンジした。

ただ、困ったことがひとつある。

それは、私が高所恐怖症ということだ。

だから高層ビルやタワーの展望台に行っても決して窓には近づかないし、ジェットコースターにも観覧車にも乗らない。リフトやロープウェーもできるだけ避けるようにしている。落ちないとわかっていても怖いものは怖いのだ。

時折、テレビやネットで、身の竦むような動画を見ることがある。ビルの屋上のへりで逆立ちしたり、巨大な橋脚のてっぺんに登ったり、谷底に向かってバンジージャンプをしたり、飛行機や崖からパラシュートで飛び降りたり……どうしてあんな怖いことができるのだろう。私にはとても理解できない。

前に、吊橋からバンジージャンプをした人と話していて「なぜ怖くないの?」と尋ねたら、逆に「なぜ怖いの?」と聞き返された。

「ちゃんとロープを繋げているし、空に向かって飛べるなんて鳥になった気分で爽快《そうかい》じゃない」と言うのである。

「そのロープが切れるとは思わないの?」

「そんなこと言っていたら、飛行機にも乗れない」と、笑われてしまった。

人間には四人にひとり冒険DNAが備わっているという。

私の恐怖心は、彼らにとって好奇心となる。気持ちのベクトルがまったく違う方向を向いている。

だからといって羨《うらや》ましいわけではない。人生にも、心の中にも、いたるところに危険が蔓延《まんえん》しているのだから、何も谷底に飛び降りなくても、私は今のままで十分ハラハラしながら生きている。

では、高所が苦手なのにどうしてわざわざ山に登るのだろう。

確かに山に行くと、両側が数百メートル切れ落ちた狭い尾根道を歩くこともある。できるだけ避けたいが、そこを通らねば前に進めないとなれば越えるしかない。もちろん怖い。今まで何度も身の竦む経験をした。それでも何とか乗り越えられるのは、何はともあれ、自分の足が地面に着いているからだ。

いつも自分に言い聞かす。これはただの細い道なのだと。地上で歩ける道幅があるのだから、ここも歩けるに決まっている。両脇が断崖絶壁だとは考えない。目も向けない。普段通りに歩いているつもりでやり過ごす。

矛盾していると言えばそうだ。普段と違う環境に身を置きたくて山に登っているのに、その時ばかりは普段の自分であろうとする。おかしな話だと呆れてしまうが、そう思わなければとても乗り越えられない。

そう言えば、以前、どんなに高いところでも平気だという人と一緒に登ったことがあった。その人は登山はほぼ初めてとのことだった。

浅間山のJバンドというコースの中に、片側が二〇〇メートル以上切れ落ちている箇所がある。岩のせいで足場はでこぼこしていて不安定、道幅は三〇センチくらいしかない。断崖の反対側は岩が出っ張っていて、ところによっては頭の上にかぶさってくる。

みんな顔を引き締めて、慎重にゆっくりと進んでいった。それなのに、その人は鼻歌交じりにひょいひょいと越えてゆくのである。見ている方がハラハラした。

「怖くないの？」

「ぜんぜん、すごく楽しい」

どうやら、典型的な冒険ＤＮＡの持ち主らしい。

きっと、こういう人がどんな難しい山でも楽に登れるんだろうと感心しきりだった。が、下山してから聞いたところによると、恐怖心が薄いというのは、登山にとってあまりよいことではないらしい。

怖いもの知らずゆえ、自分を過信してしまう。こういう人の方が集中力を欠いて、足を滑らせる可能性が高いそうだ。むしろ、高所恐怖症の方が事故を起こす確率は低いと聞いた。

そういえば、登っている最中、リーダーはその人をいちばん気にしていた。「気を抜くな、足元を確認しろ」と、しつこいくらい何度も声を掛けていた。逆に怖がりのメンバーには「こんな崖ぐらい大したことない。力を抜いて、リラックスして」と軽く流していた。

どうやら恐怖心は、登山においては心強い味方になってくれるようだ。高いところが苦手な私は、だから意外と山登りには向いているのかもしれない。

ひとり登山の楽しみと不安

時折、登山はしてみたいけれど周りにそういう人がいないからチャンスがない、という話を聞く。

「だから、ひとりで登ってみようと思うの。初心者向けの低山なら何とかなるはず」

最近は、そういった方のためのガイドブックも出ているし、下調べや持ち物など、準備万端で行くなら、それも面白いに違いない。

実際「自分のペースで登れて楽しかった」「気遣う相手がいないので気が楽だった」「意外とたくさんの単独登山の人がいて安心した」などという話も聞く。無謀な計画さえ立てなければ、きっと充実した登山になるはずである。

が、山では何が起こるかわからない。

「地図を持って行ったのに、気が付いたら道に迷っていた」「思いがけず転んで足首を捻《ねん》挫《ざ》した」「急に天候が変わって慌ててしまった」なんて話も聞く。そんな時、ひとりだとついパニックになってしまう。事故に繋がる可能性もないとは言えない。

それが不安だったら、まずは登山具専門店や旅行会社が企画している山岳ツアーに参加するのはどうだろう。「初心者でも、グループでも、ひとりでも、参加ＯＫ」というツアーもとても増えている。私がよく行く黒斑山も、週末はバスが横付けになって、多くのツアー登山者で溢れている。登山の入り口として、そういった企画に参加するのもひとつの手だ。

そう言えば、最近はネットで仲間を募るというケースもちょくちょくあると聞く。「誰か一緒に行きませんか」と、声を掛け、現地で集合して登る。決まり事は何もなく、もし急に行けなくなったとしても、キャンセル料などは発生しないので気が楽だという。初心者のＨさんが参加したのがそれだった。顔も素性も知らない相手だけれど、それはツアーだって同じなんだから、というわけで出掛けた。

待ち合わせの場所には十数人が集まっていた。軽く自己紹介して、何となく出発。すぐに打ち解け合っていく人もいるが、どちらかというと会話が苦手なＨさんは、いちばん最後に付いてゆくことにした。

山行はなかなか大変だったが、何はともあれ無事に登頂することができて、Ｈさんはとても満足した。ところが下りで、疲れが出たのか、Ｈさんはだんだんメンバーから遅れるようになった。ふと気が付くと、みんなの姿がない。やっとの思いで下山した時には、もう、そこには誰もいなかった。すでに解散した後だったのだ。

それを見て「何だか急に怖くなった」と、Ｈさんは言った。考えてみればリーダーとなる人物はいないし、出発時に人数の確認もなかった。最後尾を歩いていた自分が、もし道に迷ったり、崖から落ちていたとしても誰も気付かなかっただろう。もし、そのまま取り残されていたら……。

確かにその恐れはある。

ネットだからといって、そんな安易な山行ばかり行われるわけではないだろうが、その場を仕切れる経験豊かな責任者がいない登山は、やはり注意した方がよさそうだ。

こちらは、初めてひとり登山を決行したシューマン鈴木さんから聞いた失敗談。ちょっと笑えて、ちょっと泣ける。

「もちろん慎重に準備して出発しました。途中で雨が降って来たんですけど、レインウェアを用意していたから何の問題もなし。夕方前には麓に下りて、予定通り、予約した温泉に入るつもりでいたんですが、ザックを下ろしてびっくり。レインウェアは着たものの、ザックカバーを付けるのを忘れていて、すっかり雨が染み込んで、着替えも何もかもびっしょり濡れていました……」

背中のことまで気が回らない。そして誰も教えてくれない。こういうところが、単独登山の不都合さだろう。

最近は女性のひとり登山も珍しくなくなった。

日帰りできる山はもちろんのこと、山小屋にひとりで宿泊している女性もいるし、テントを背負って泊まりがけで登る女性もいる。

何だかちょっと羨ましい。心身ともに自立しているようで格好いい。

それで何気なく「私もいつかひとり登山ができるかな」と言ったら、リーダーに鼻で笑われた。

「まず、地図が読めないだろ」

思わず黙り込んでしまった。確かに読めない。東西南北を正確に把握できないし、地図上で距離感が摑めない。いつも同行者に頼っているので、恥ずかしながら地図を持って行ったことがない。

「必要なだけの装備を担げるか」

毎回、どうしたらザックを軽くできるかばかり考えている私である。テントで寝るとなればシュラフやマットが必要だし、食事を作るのだから食料品、バーナーやコッヘルも持って行かなければならない。きっといつも背負っている倍以上の重量になるだろう。情けないが、持てるだけの体力が今の私にあるはずもない。

「天候の急変に対応できるか。動物との遭遇に対処できるか」

空を見上げて雲の流れを確かめ、風の向きや気温の変化を察知する。耳を澄ませて動物の気配を感じ取る。遭遇するのが鹿とか狐ならまだいいけれど、もし熊に出くわしたらどうしよう。

まったく言われた通りである。本気だったわけじゃないが、すぐさま無謀な野望は捨てた。

初心者ばかりのグループで自信がなかったり、同行者がいなくてひとりで不安というなら、ガイドを頼むという手もある。

ずっと「ガイドを頼むなんて敷居が高い」と思っていた。けれども最近はガイドと一緒に登っている登山者をよく見かけるようになった。特に女性に多い。

ガイドを紹介してくれるさまざまなサイトがあって、登りたい山、自分のレベル等で選ぶことができる。ガイド料もはっきりしているし、少人数で頼めば細やかなコーチも受けられる。

先日も、おばさま方三人のパーティがガイドを連れていた。これがダンナだったら「もう、バテたのか」と呆れられたり「もたもたするんじゃない」と叱られたりするが、ガイドは決してそんなことは言わない。

最近は若いイケメンガイドも多く、みんな礼儀正しい。「大丈夫ですか、苦しくなったら遠慮せず言ってくださいね」なんて、優しい言葉を掛けてもらえたら、女性たちも気持ちが華やぐに違いない。

ガイドと一対一で登っているケースもある。

ある時、二十代とおぼしき男女のカップルが登っていた。ふたりの会話を耳にして「どうしてあんな堅苦しい言葉遣いなのかしら、きっとまだ付き合い始めて間もないのね」なんて思っていたら、男性はガイドだった。恋が芽生えそう。

男性ガイドが苦手なら、女性ガイドを選ぶこともできる。

費用はかかるけれど、まずはガイドに基本的なことを教えて貰い、それからひとり登山に挑戦するのもよい方法だと思う。

ただ、ガイドを付けたら付けたで、やっぱりトラブルが起こる。

とある山小屋でのことだ。朝から雨が降っていて、これから更に悪化するという予報だった。私たちの山岳会はリーダーの判断のもと、すぐに撤退が決まった。

他にガイド連れのパーティが二組いた。

一組はザックにお弁当を入れ、レインウェアを着込んでいる。この状況の中でもどうやら出発するらしい。

そして、もう一組。

ガイドがメンバーに説明している。

「今日は雨ですし、たぶん上の方ではかなりの強風だと思うので、ここで下りましょう」

するとメンバーのひとりが憤慨したように言った。

「あっちのツアーは登るのに、なぜ、うちは登れないんだ」

ガイドは困った顔をした。

「天候を考えての判断です」

「こういう天候でも、ちゃんと登らせるのがガイドの役割ってものじゃないのか。お金を払っているんだから、登らせて当然だろう」

こういうやりとりを山小屋で聞くのは本当に嫌。こちらまで気分が沈んでしまう。

もし、すべての組が撤退を決めたなら、そのメンバーも納得したのだろう。登るツアーがあるのになぜ？　と思う気持ちはわからないでもない。しかし、山に入ればリーダーに従う、それが鉄則だ。ガイドはリーダーである。何より安全を最優先する。ややもすると「こちらはお金を払っているお客さんだ」と、思ってしまいがちだが、山ではその意識を捨てる必要がある。

私たちは先に小屋を出たので、その後の経緯はわからないが、ガイドも大変だと同情した。

ただ――。

ここもケチをつけるようで申し訳ないが、時々「やる気があるのかしら」と思うようなガイドもいる。

以前、浅間山に登ろうとした時、ガスが濃いのでみんなで待機していた。すると同じ場所で待機していたツアーのガイドが近づいて来て、うちの山岳会のリーダーに尋ねた。

「実は浅間山は初めてでして、上の方はどんな状況でしょうかねぇ」

それはあんまりだ。自分が登ったこともない山に登山者を連れて行こうとするなんて信じられない。こんな人がガイドかと思うと不安でならない。多くのガイドは誠実で信用できるが、やはり当たりはずれはあるようだ。

7　登りたい山、登れない山、登ってはいけない山

群馬と新潟の県境にある谷川岳《たにがわだけ》は双耳峰《そうじほう》で、トマの耳（一九六三メートル）、オキの耳（一九七七メートル）のふたつの頂上がある。

初めて登ったのは秋の終わりだった。土合口《どあいぐち》からロープウェー（大きくてりっぱだけれど、やっぱり怖い）に乗って天神平《てんじんだいら》へ。そのまま天神尾根を登って山頂へ。という西側の標準コースを辿った。コースタイムは約五時間。

登山道には木道《もくどう》が設置されているので登りやすいと聞いていた。けれども前日に雨が降り、油断すると濡れた木に何度も足を取られそうになった。日陰には凍っているところもあった。

熊穴沢《くまあなさわ》避難小屋を抜けて、しばらく行くと道は急坂になり、道幅も狭くなる。天狗の留まり場を越え、天神のザンゲ岩を過ぎるとガレ場が現れる。九十九折《つづらおり》に登って肩《かた》ノ小屋《こや》に到着。そこから山頂までは二十分ほどだ。

残念ながら紅葉の時季は過ぎていたけれど、空気が澄んでいたので想像以上の眺望だっ

た。富士山が見える。かと思えば日本海も見える。南・中央・北アルプスの稜線がくっきりと浮かび、私のホームマウンテンの浅間山も眺められる。標高二〇〇〇メートルに満たない山とは思えないほど、待っていた風景は素晴らしかった。

その風景をもう一度見たくて、翌春、再び登った。

その時はまだ、相当雪が残っていた。靴にアイゼンを装着して出発。

低木帯を抜けると、山肌のクマザサはすべて雪に埋もれていて、頂上まで遮るものが何もない。真っ白な尾根だけが続き、これから登るコースがはっきりと見える。

前に来た時と様子がまったく違っていて、同じ山とはとても思えない。空には雲ひとつなく、太陽が燦々《さんさん》と輝き、気持ちよさに登る気まんまんだった。

ところが、ザンゲ岩辺りで風が吹き始めた。それも相当強い。歩いていると突風に見舞われ、思わず身体がふらついた。雪に膝をつき、ストックで身体を支えながら、しばらく待機。けれども落ち着く様子はない。遮るものが何もない尾根で、風に煽《あお》られてしまったら、雪の斜面を何百メートルも転げ落ちてしまう可能性がある。ということで撤退が決まった。

低木帯のところまで下山した頃には、風は更に強くなり、木に摑まっていないと立っていられないほどになっていた。

確かこの辺りに熊穴沢避難小屋があったはず。そこに入れば風をしのげるのではないか。

と思って見回したが小屋は見えない。聞くと、雪に埋もれているという。覗きに行ってびっくりした。雪の階段が作ってあり、それを下りていった先に小屋の入り口が見えた。町では春爛漫《らんまん》のこの季節に、谷川岳はまだ四メートルもの雪が残っていたのである。途中で引き返すことになったが、それはそれで十分に達成感を味わわせてくれる山行になった。

こんなふうに、谷川岳は私のようなレベルの者も楽しめる山だけれど、それは西側の尾根筋で、東側にはまったく別の顔がある。

山屋と呼ばれるクライマーの方々にとって、谷川岳といえば一《いち》ノ倉沢《くらさわ》を意味する。一ノ倉沢は、剱岳・穂高岳とともに日本三大岩場のひとつに挙げられている。登山というよりロッククライミングの世界だ。同じ谷川岳でもまったく表情が違っているその一ノ倉沢を、写真でしか見たことがないのをずっと悔しく思っていた。

登りたいわけじゃない。登れるはずがない。そんなのは先刻承知だ。でも、どうしても、実際に見てみたかった。

嬉しいことに、一望できるトレッキングコース（ほとんどハイキングコースと言っていい）があると知って、すぐに計画を立てた。

五月末、群馬・水上《みなかみ》温泉を抜けて、谷川岳ロープウェイの発着場であるベースプラザに車を置いて出発した。コースはマチガ沢まで一・一キロ、そこから一ノ倉沢まで二・二キロ、幽《ゆう》ノ沢《さわ》まで二・二キロと続いている。

道は舗装されていて、広く、歩きやすい。傾斜はほとんどないので、息も上がらない。新緑の中、湯檜曽川《ゆびそがわ》のせせらぎを聞きながらの道程は本当に気持ちいい。

のんびり二十分ほど歩いたところで、最初に現れたのがマチガ沢だ。一ノ倉沢ほどのスケールではないと聞いていたが、とんでもない。まだ雪が残り、岩肌を雪解け水が流れてゆく姿は十分に絶景だった。

しばし眺めてから、再び歩き始めた。三十分ほど歩いた頃である。いきなり目の前に一ノ倉沢が現れた。まさにいきなりという印象だった。

標高差約八〇〇メートルの大岩壁。一ノ倉沢の全貌が大パノラマで見渡せる。写真で何度も見たけれど、本物は迫力が違う。その威圧感といったら、圧倒されて言葉も出ない。

しばらくぼんやり見入ってから、ようやく我に返り、ベンチに腰を下ろした。それから設置してある概念図を見て「あれが衝立岩《ついたていわ》、あれが滝沢《たきざわ》スラブ、烏帽子岩《えぼしいわ》、コップ状岩壁……」と、ひとつひとつを見比べた。どれもこれも、一般人には登るという発想とは無縁の急峻である。

その中でも、やはり代表的なのは衝立岩だろう。標高差約三〇〇メートルのほとんど垂直の岩で、私の目には垂直というより覆い被さってくるように映った。実際、オーバーハングもところどころにあるという。

どれだけ厳しい山であるかは、遭難死亡者の数が物語っている。資料によると、昭和六年に統計が始まって以来、平成二十四年までに八〇五人の方が亡くなっている。これは八〇〇〇メートル峰十四座の死者を合計したより多く、世界のワースト記録としてギネス認定されている。最近は装備や道具が進化して、事故も減少しているとのことだが、危険な山であるのは間違いない。

昭和三十五年に、遭難したふたりの青年が一ノ倉沢で宙吊りになったまま死亡した事故も有名だ。人力では遺体収容が不可能だったため、千三百発もの銃弾を使い、ザイルを切断して遺体を収容したのである。

深田《ふかだ》久弥《きゅうや》は「魔の山」と書いている。時に「死の山」「人喰い山」とも呼ばれる。

そんな危険な岩壁にも拘《かか》わらず、ロッククライミングをする人はハーケンを打ち、ロープを繋ぎ、時には縄梯子のようなアブミを使って攀《よ》じ登ってゆく。それも夏場だけでなく、厳冬期も。雪崩《なだれ》の巣であるにも拘わらずだ。とても人間業とは思えない。

道沿いの岩にはレリーフが嵌め込まれていた。亡くなった方々の名前や年齢が彫り込まれてあった。二十四歳、二十一歳、十九歳……。若い、あまりにも若い。彼らをそこまで一ノ倉沢に駆り立てた情熱はいったい何だったのだろう。

きっと人間には二種類ある。山を見て、登れるはずだと信じる人間、登れるはずがないと諦める人間。前者が山屋で、後者が山好きだ。

山の魅力は、山の危険度と比例する。山屋と呼ばれる方々は、その魅力に取《と》り憑《つ》かれて、登らないという選択肢はない。死を身近に感じてこそ、生を実感する。そんな生き方は凡人には受け入れがたいが、否定することもできない。

きっと、死んでもいい、なんて思っている山屋はいないはずだ。その瞬間まで、死ぬはずがないと自分を信じている。けれども、容赦なく死は訪れる。その瞬間、人は何を思うのだろう。

帰り、登山道を下りてから、谷川岳山岳資料館に寄った。小さいながらも展示物は充実していて、登山家たちがかつて実際に使った装備や道具が所狭しと置いてあった。

年代物のザックもアイゼンもピッケルもカラビナも、あまりにも重く、テントもレインウェアも靴もあまりにも簡素で、これで一ノ倉沢を登ったなんて信じられない。

現代と比べてもしょうがないし、比べるなんてナンセンスだと思う。ただ、あの頃に登られた登山家の方々の、体力と技術と忍耐力と、山を愛する気持ちに敬意を表するばかりだ。

日本を代表する登山家たちも一ノ倉沢に通い続けた。森田勝《もりたまさる》さん、長谷川恒男《はせがわつねお》さん、田部井淳子《たべいじゅんこ》さん、谷口けいさん、竹内洋岳《たけうちひろたか》さん、山野井泰史《やまのいやすし》さん……。我が山岳会のスペシャルアドバイザー、元山学同志会の深田良一さんも数え切れないくらい登っている。一ノ倉沢は一流の登山家たちを育てた山なのである。

山に行って登れなかった時は、いつも残念感に包まれる。けれども、一ノ倉沢はまったく違っていた。眺められただけで十分な感慨に浸れる最高の山だ。

ピークを目指しても

さて、北八ヶ岳にある天狗岳は、西と東のふたつのピークを持っている。標高が高い方は西天狗岳で二六四六メートル、北八ヶ岳の最高峰だ。

登ったのは五月末だった。

駐車場がある桜平《さくらだいら》（約一九〇〇メートル）からスタートし、夏沢鉱泉で小休憩の後、オーレン小屋（約二三三〇メートル）まで約一時間半かけて到着。その日のうちに硫黄岳に登る予定が組まれていた。

短い休憩の後、すぐに出発した。まず夏沢峠に向かう。五月末というのに樹林帯には雪がたくさん残っていた。それも半分解けかかったシャーベット状の、山用語でいう「腐った雪」で、軽アイゼンを付けても効果はなく、歩きにくいったらない。その上、時折膝までズボッと埋まってしまい、なかなか前に進めない。そんなこんなで、予想していたよりずっと時間がかかってしまった。

結局、夏沢峠を過ぎ、硫黄岳の八合目辺りまで登ったところで時間切れとなり、引き返すことになった。山では遅くとも午後四時までに山小屋に入るのが決まりとなっている。硫黄岳に登ったのはその時が初めてで、頂上に行けなかったのは残念だけれど、有名な爆裂《ばくれつ》火口は見られた。

爆裂火口は直径一キロ、深さ五五〇メートル、断崖絶壁の山肌が荒々しい。怖いは怖いけれど、やっぱり上から覗き込んでみたい。そろりそろりと切れ落ちた際《きわ》に近づくと「それ以上行くな！」とリーダーから声が飛んだ。

まだ二メートルくらい余裕があるから大丈夫、と思ったのだが、硫黄岳は風の通り道になっていて、いつ何時、突風に煽られるかわからない。突風に遭うと簡単に身体が持ち上げられるから危険だ、と言う。

言いつけを守って、離れたところからほんのちょっと覗くだけにした。えぐられた岩肌の容赦なさは、まさに爆裂の字面にふさわしい様相で、それが見られただけでも満足した。

その夜は山小屋に宿泊。大きくてりっぱな檜風呂《ひのきぶろ》があった。湯に浸かるだけで疲れの取れ方がぜんぜん違う。

そして翌日。今回の目的である天狗岳に向かった。朝は七時に出発。昨日と同じ樹林帯を抜けて、再び夏沢峠に向かった。朝は氷点下だったので、残雪も少しは固まってくれているのではないかと期待したが、歩きにくいのは昨日と同じだった。

夏沢峠に出て、昨日南に向かったところを今日は北に向かう。樹林帯を抜ければ雪もなく、足場もよくて歩きやすかった。

一時間ほどで、根石岳《ねいしだけ》（二六〇三メートル）に到着。そこで「あれが天狗岳だ」と、指差された。

「向かって右の尖《とが》っているのが東天狗、左の丸っこいのが西天狗だ」

あら、意外と近いじゃないの。

と、気持ちが逸《はや》る。

根石岳を少し下って、手前にある東天狗岳に向かった。ザレ場を抜けると、岩だらけの道になる。岩質なのか、岩が欠け落ちていたり、ヒビが入っていたりする。足を乗せたら割れるのではないかと不安になったが、とにかく攀じ登るしかない。

以前、赤岳の地蔵尾根で怖さのあまり絶叫した私だったが、今では岩山の経験も少しは積んだので、あまり怖さは感じなかった。それどころか気持ちがウキウキして、浮かれ気分だった。これがクライマーズ・ハイなのかも、とひとり悦《えつ》に入《い》る。最後、鉄製の短い橋を渡って、東天狗岳に到着。

頂上は狭いけれど、他に登山者がいなかったので、ザックを下ろし、行動食を食べながら、ゆっくり南八ヶ岳の連なりを眺めた。

八ヶ岳の素晴らしいのは、富士山や北アルプスばかりでなく、こうして連峰のほとんどを見渡せるところだ。天気がよければ、横岳や赤岳を登っている人の姿も見て取れる。

十分ほど休んで、さあ、いよいよ西天狗岳に出発しよう、と、ザックを背負おうとした時だった。リーダーが渋い顔つきで硫黄岳の方を見ていた。

視線を追うと、硫黄岳のすぐ下辺りから雲がもくもくと湧《わ》き上がっている。つい五分前までは見えてなかったのに、それもまだ午前中だというのに。山は午前中は比較的天候が安定していると言われている。

「荒れそうだな」

その次に何を言われるのか、想像はついた。

気持ちとしては「西天狗岳まで二十分ほどで行けるんだし、せっかくここまで来たんだから北八ヶ岳の最高峰に登りたい。雲がかかっているっていったってまだ空は明るいし」なのだが、もちろん思っただけで、口に出したりはしない。

「下りるぞ」

その一言でザックを背負い、下山を開始した。案の定、途中から雨が降り始め、それはすぐに霰に変わった。山小屋に着いた時には本降りになっていた。

登れなかったのは残念だったけれど、西天狗岳登頂は次の楽しみにとっておくことにしよう。

硫黄岳から、横岳へと縦走したのは、夏の初めだった。

前回は時間切れで諦めたので、今度こそ硫黄岳のピークに立ちたいと思っていた。初めて登る横岳の方はピークが七峰あり、登ったり下ったりの繰り返しが続く。聞いたところによると、初心者でも楽しめる変化あるコースということだった。

その日はいつも通り赤岳鉱泉で一泊し、朝は四時前起き。朝食時間には間に合わないので、部屋で前の晩に作ってもらったお弁当を食べた。六時に出発して、二時間ほどかけて赤岩の頭まで登った。

目の前に硫黄岳が広がった。夏沢峠から登った時とは印象がぜんぜん違っていた。ここからだと爆裂火口が少し見えるだけで、広くて、なだらかで、白いザレ場が続いていた。見渡しはいいけれど、前にも言われたように風が強いので、慎重に歩くよう改めて注意された。風は目に見えないからつい油断してしまう。硫黄岳は霧が発生する確率も高く、こんなに広いのにルートからはずれて滑落する登山者もいるという。

この日は晴天で風も弱く、さほど緊張することなく、気持ちよく硫黄岳のピークに立つことができた。記念撮影をしてから、すぐに硫黄岳山荘に向かった。

というのも、朝食が朝四時と早かったのと量が少なかったので、すでにお腹がすいていたからだ。

到着した硫黄岳山荘はかなり年季が入っていた。土間《どま》に置いてあるテーブルや椅子も古い。それぞれラーメンやカレーを注文し、私はトイレに立った。そして、その建物に続くドアを開けてびっくりした。あまりにも近代的な空間が広がっていたからだ。トイレは温水ウォシュレット付き、シャワー室もあった。すごい違いだ。メンバーに報告すると、みんな覗きに行き、やはり感嘆の声を上げながら戻って来た。

注文したメニューはどれも美味しかった。メニューを見ると日本酒やワインも安く、山小屋の人たちも感じがいい。

今度はぜひここに泊まってみたい。けれども硫黄岳は気候の変動が激しいので、翌朝霧に包まれて待機になる場合もあるという。なるほど、人があまりいないのはそのせいか。予定通りに帰れなくなってしまうのは困るが、いつか天候を見定めてぜひこの山小屋に泊まりたいと思っている。

食事を終えて、横岳に向かった。十五分ほど歩いて、稜線に入ったところで鎖場が現れた。足元に注意しながら進むと、垂直の岩に行き着いた。

ここを登るの？

先を歩いていた男性が、ハーネスもカラビナも使わず、するすると登ってゆく。

本当に初心者コースなんだろうか？

もちろん私はハーネスを付け、鎖にしっかりカラビナを掛けてセルフ・ビレイ（確保）した。高さ五メートルぐらいの崖だが、足下に広がるのは深い谷底で、視覚的には一〇〇メートルの落差を登っているような気分になる。

そこを何とか乗り越えてホッとしたのも束の間、またすぐに岩場が現れた。コースはその繰り返しで、ピークとピークの間の距離はそんなに長くないし時間もかからないのだが、岩を直登《ちょくとう》する箇所あり、片側が切れ落ちた崖のトラバースあり、梯子あり、と、ずっと緊張しっぱなしだった。

台座《だいざ》ノ頭《あたま》、大同心《だいどうしん》、小《しょう》同心、奥《おく》ノ院《いん》、横岳頂上、無名峰《むめいほう》、三叉峰《さんじゃほう》、石尊峰《せきそんほう》、鉾岳《ほこだけ》、日《ひ》ノ岳《だけ》、二十三夜峰《にじゅうさんやほう》を越えて、地蔵尾根に到着。そこから赤岳鉱泉に下山するのだが、到着した時、私は想像以上に疲れていた。

時間的にも距離的にもそれほどハードなわけじゃない。どうしてこんなにぐったりしているのだろう。その原因は、やはり緊張感のようだった。次から次とピークを越えるため、ずっと気持ちが張り詰めていた。緊張がこれほど身体にダメージを与えるのかと改めて思った。

厳冬期ではない横岳は、難易度を十段階に分けたら、レベル3ぐらいらしい。ここでこんな状態になるなんて、とその時、私はすっかり自信をなくしていた。

というのも、気楽な登山会から、山岳会が作られ、メンバーのレベルがどんどんアップしているからだ。実際、我が山岳会から四人のメンバーが三泊四日で奥穂高岳縦走に出掛けていた。

私は仕事だったので参加しなかったが、仕事がなくても参加しなかったろう。登る自信はまったくなかった。

それだけではなく、メンバーたちはそれぞれ仕事がらみだったり、友人知人たちと共にだったりと、南アルプスや北アルプス、穂高縦走や劔岳にまで登るようになっていた。

これまで、私にとっての登山は頑張ったら登れる山だった。けれど穂高や劔となれば、頑張るだけでは登れない。険しさや厳しさが増す分、今まで以上の体力と技術が必要となる。

急斜面のガレ場を登ったり、鎖のないところをトラバースしたり、足場の狭い岩場でカラビナを付け替えたり、そんなことができるだろうか。高度は半端じゃない。七、八〇〇メートル切れ落ちているのはザラだ。危険度も高く、実際、彼らが涸沢から辿ったザイテングラートでは、同時期に八人の方が滑落事故に遭われていた。亡くなった方もいた。そんな山なのだ。

けれど、厳しい山だからこそ、話をする時のメンバーの顔は達成感に満ち満ちている。それを見ると、羨ましいったらない。

登るのは怖い。でも、登らなければその達成感は味わえない。ここで諦めたら、私はたぶん一生登れないだろう。

「技術よりはまず体力。体力を付ければきっと登れる」

そう言われても、彼らが目指す山に付いて行けるだろうか。怖さを克服できるだろうか。無理はしないで、今までと同じような登山で満足していればいいのではないだろうか。

正直なところ、今も迷っている。

8　山のパートナー

登山は、どの山に登るかも大切だけれど、誰と登るかもとても重要だと思う。どんなに充実した登山だったとしても、一緒に登った相手とうまくいかなかったら、すべてが台無しになる。逆に、天候が荒れて最悪の登山だったとしても、一緒に登った相手と気持ちよく過ごせれば、それはそれで楽しい思い出となる。

最近、熟年夫婦で登山を楽しむ姿をよく見かけるようになった。大概の場合、穏やかに過ごしているけれど、たまには険悪なムードになっているケースもある。先日、出会った夫婦もやたらツンケンしていた。

「遅いんだよ、もっとさっさと登れないのか」と、ダンナの不機嫌そうな声。

「だったら先に行けば。私は私のペースで登るから」と、言い返す妻。

夫婦だって虫の居所が悪い時もある。うちなんかもしょっちゅうそうだ。本当に仲が悪かったら、一緒に山登りなんかしないはずだから、いつもはきっと円満なんだろう。それでも、普段の生活が垣間《かいま》見えたような気がして、何だかちょっと気まずくなった。

そうそう、四十代の両親と高校生くらいの娘さんの三人という組み合わせと出会ったこともある。漏《も》れ聞こえる会話からすると、どうやらお母さんと娘さんは普段からよく一緒に登っているらしい。そこに今回はお父さんが参加したというわけだ。

ところが、そのお父さんの方がすっかりバテて、道端に座り込んでいる。そんなお父さんの姿を見て、娘さんが「ウザ……」と、眉を顰《ひそ》めながら呟《つぶや》いているのが聞こえてしまった。

お父さんだって一生懸命家族とコミュニケーションを取ろうとしてるんだから、わかってあげてよ。ちょっと遣《や》る瀬《せ》無い。

引率者が、延々と自分の山歴を自慢しながら登っているのも見た。聞き流していればいいのだろうけど、頷《うなず》くのだってストレスがたまるはずだ。メンバーのみなさんもやけに疲れた顔をしていた。

おばさん同士のパーティでは、登っている間、嫁の愚痴《ぐち》ばかり言っている人もいた。山に来た時ぐらい俗世のことは忘れればいいのに、と、同行者たちも呆れているようだった。

ふと、Sさんのことが頭に浮かんだ。

登山を始めて間もない頃、Sさんと何度か一緒に登ったことがある。たまたま声を掛けたら、参加すると言ったので、山が好きなんだろうと思っていた。

初めて一緒に登ったのは浅間山だった。Sさんは「集合時間に遅れるのが心配だから」

と、登山口にある天狗温泉に前泊した。その時は、慎重な人だなぁと感心した。

翌日、みんなが集まった時、Sさんの顔が赤かった。

「いやぁ、空気は旨いし、星は綺麗だし、昨夜はついつい呑み過ぎちゃって」

と、Sさんは言った。それだけならまだしも「朝風呂に入って、迎え酒でビールを呑んだ」と言うのである。これから山に登ろうというのにビール！　みんな呆れていた。

服装にもびっくりした。初心者でも登りやすい山とはいえ、とりあえず標高二〇〇〇メートル超を登るのだから、それなりの格好をしてくるはずである。それなのに、Sさんは上下ジャージ姿で足元はスニーカー、それにショルダーバッグという出で立ちだった。

「それで登るの？」

「登山ぽい服はこれしかなかったんで」

と、本人はまったく意に介していない。

みんな呆れながらも、そんなSさんが可笑《おか》しくて、登山の間中、誰もが笑いっぱなしだった。

草すべりの急登の途中に大きな岩がある。そこまで来てSさんはギブアップし、そこで引き返すことになった。その後も三回ほど一緒に登ったが、いつもその岩まで来るとSさんの足は止まって引き返す。いつの間にか、メンバーたちはその岩を「S返しの岩」と呼ぶようになった。

結局、Sさんとは一緒に頂上まで登ったことはない。そういう意味で達成感を味わうことはできなかったけれど、いつも笑いの絶えない登山となった。

もうSさんは登らない。実際には山登りが好きじゃなかったのに、無理していただけだった。けれども、参加しなくなった今でも、下山後の呑み会でSさんのことはよく話題に上る。「最初の時、宿酔《ふつかよ》いでねえ」「そうそう、迎え酒まで呑んでねえ」「その上、持っていたのがショルダーバッグで」と、盛り上がる。

もし気が向いたら、またぜひご一緒しましょう。

山に入ると人が変わると聞くけれど、その意見には私も納得する。

たとえば、普段はおっとりしているのに車に乗ってハンドルを握るとがんがんスピードを出す人とか、いつもは慎重なのに麻雀《マージャン》になると大胆な勝負に出る人とか、逆に、豪放《ごうほう》磊落《らいらく》と思われていた人が、ゴルフ場ではやたらキリキリする、なんてこともある。山も同じで、人のいつもと違う側面が見られて面白い。

私の娘ぐらいの年代のOさん夫婦と一緒に登ったことがある。ご主人の職業はカメラマン。ただ高所恐怖症とのことだった。

黒斑山の途中にあるトーミの頭《かしら》。ここは浅間山を眺める絶景ポイントのひとつとなっている。岩場の下は三〇〇メートルほども切れ落ちた断崖絶壁だ。

彼は最初、とても怖がっていた。ところがカメラを構えたとたん、躊躇なく前へと進んでゆくではないか。ハラハラして何度も声を掛けた。

「そんなぎりぎりまで行ったら危ないよ。ほら、気を付けて」

写真を撮って、彼は戻って来た。

「高所恐怖症じゃなかったの？」

「そうなんですけど、ファインダーを覗いている間は、ぜんぜん怖くないんですよね」

これがカメラマンの習性というものだろうか。

その他にも、普段は無口なのに山では行き交う人とフレンドリーになる人や（愛想がよくてすごく楽しそう）、いつもはシックなスーツ姿なのに山では鮮やかな赤やグリーンのウェアを着る人（初めて山で会った時は驚いた）、辛党のはずなのにザックの中にお菓子をやたら充実させている人（たびたびお裾分けしてもらっている）、そうそう、シューマン鈴木さんは、山に行くとやたら中年女性に声を掛けられる。

山は、人のいろんな面を見せてくれる。

さて、知り合いに大学の山岳部で鍛えられた筋金入りの山男がいる。五十歳そこそこのTさんだ。そのTさんから「ザイルパートナーとは今も毎年会って呑むんですよ」と聞かされた。

ザイルパートナー。

単語からして、ザイルを繋ぎ合う相手なのだということは想像できる。でも、そこまでだ。そんな私にTさんが説明してくれた。

「岩場や岩壁などを二人で登攀する時、お互いにザイルを結び合って登る仲間です。ザイルを繋いで、まず一人がトップで登り、その間、もう一人は下でザイルをビレイして待っている。もし、先に登った者が滑落したら、ザイルを掴んで墜落を食い止める」

私は言った。

「その時はすごい力が要るんでしょうね」

「もちろん。だから相手から目が離せません。もたついていると、その分かかるテンションも高くなりますからね」

ザイル一本分の長さ、約五〇メートルをトップが登り切ると（これを山では一ピッチと呼ぶ）、今度はトップがザイルをビレイして、下から登ってくる仲間の落下を防ぐ。そうしてお互いに安全を確保しながら、交代で高度を上げていく。それがザイルパートナーだ。お互いに命を相手に預けるのだから、当然のことながら、よほどの信頼関係がないと繋げない。友人や親友より、もっと現実的で強烈な絆《きずな》。運命共同体としての意識がなければ関係性は成り立たない。だからこそ、一緒に山に登らなくなった今も、ふたりの付き合いは続いているのだろう。

でも、と、私はふと考える。

もしも、の時はどうするのだろう。もしも片方が滑落し、片方がそれを止める。しかし、このままではふたりとも助からないという状況に陥った時、ザイルはどうするのか。最悪の場合、切るという決断をするのだろうか。それとも運命を共にするのだろうか。

かつて、有名な登山家のインタビュー記事を読んだ。

「ザイルを切らなければ二人とも死ぬ。ザイルを切れば相手が死ぬ。そういう局面に遭遇した場合、あなたはどうしますか」

その登山家は当然のように言った。

「ザイルを切る。そのために、いつもポケットには小型のナイフを入れている」

その時は、それだけの覚悟と決断力がなければ山には登れないのだろうと思った。

しかし、そのインタビューの後、その登山家はヨーロッパ・アルプスで、まさにその局面に遭遇する。その時、彼はザイルを切るどころか、自分の命を顧みずにザイルパートナーを命がけで救助したのである。助かったのは奇跡で、ふたりとも死んで当然の状況だった。

口では冷酷なことを言っておきながら、その登山家はやはりパートナーとのザイルを切ることができなかった。

それは勇気なのだろうか、友情なのだろうか、それとも本能なのだろうか。

『運命を分けたザイル』という、実話を基に製作された映画を観たことがある。

この作品も、真正面からザイル問題と向き合っている。

一九八五年、若き英国人クライマーのジョーとサイモンは、南米ペルー、アンデス山脈にある標高六六〇〇メートル、シウラ・グランデ峰に挑んだ。その途中、ジョーは滑落して宙吊りになり、サイモンがザイルを握る状況になった。長時間、サイモンは必死にザイルを握り締めていたが、やがて限界を知る。そしてサイモンが選んだのは、ザイルを切ることだった。ジョーはクレバスへと落ちて行った。

その後、サイモンはひとりでベースキャンプに戻り、落胆しつつも荷物を畳んで帰る支度をしていた。その時だ。滑落したジョーが自力で生還してきたのである。驚きながらも、奇跡を心から喜ぶサイモン。だが、ザイルを切られたジョーはどう思っているのか。自分を捨てて行ったと恨《うら》んでいるのではないか、当然の選択と受け入れてくれているのか。しかし、その時には何も話さない。

帰国すると、サイモンは多くの人からザイルを切ったことを批判され、アルパインクラブからも脱会を求められる。追い詰められてゆくサイモン。そして、戸惑うジョー。その後はタイトル通り、ふたりの運命が大きく変わってゆく。

映画にはジョーとサイモン本人が出演している。ザイルを切った時、切られた時、自分が何を感じたか、相手に何を思ったか、その心理が淡々と語られる。サイモンの独白を聞くのは辛かった。

もし、そのような状況になった時、どう決断するのだろう。ザイルを切る方も切られる方も、何を思うのだろう。最後まで相手に望みを託すのか。限界まで耐え、一緒に滑落する道を選ぶのか。相手を救うために落ちた方の人間がザイルを切ることもあるかもしれない。そこに正解や誤りはあるのだろうか。

ザイルパートナーになる。

その重みが、胸に深く響く映画だった。

初めて私がリーダーとザイルを繋いだのは、八ヶ岳だ。もちろんザイルパートナーなどではなく、雪山の急登を登る際、私の身の安全を確保してくれたのだ。つまり、私が一方的に頼るだけであって、私がリーダーを救えるはずがない。

私としては「これで、もしもの時に落ちずに済む」とホッとしたが、リーダーは違っていたはずだ。「唯川が落ちれば自分も落ちる」という覚悟があっただろう。

他人の命を任される責任感と、他人のために自分も犠牲になるかもしれないという緊張感。その時はリーダーの気持ちなどまったくわからなかったが、今の私には想像がつく。

それがわかるくらいは登って来た。

だから今「危険だからザイルを繋ごう」と言われた時、謙虚な気持ちで「よろしくお願いします」と、頭を下げるようにしている。

映画のことをもう少し。

最近、立て続けに山岳映画を観る機会があった。邦画の『エヴェレスト 神々の山嶺』、アメリカ・イギリス合作『エベレスト』、韓国の『ヒマラヤ 地上8,000メートルの絆』、アメリカ『MERU／メルー』の四本だ。日本の映画は夢枕獏《ゆめまくらばく》さんの小説が原作で、次の二本は実話をベースに作られ、最後の一本はドキュメンタリーとなっている。

山岳映画となれば、ストーリーだけでなく、ロケーションの素晴らしさも重要になる。最初の三本はエベレストが舞台で、ベースキャンプ、アイスフォール、イエローバンド、ヒラリーステップと、エベレストがどのような状況にあり、どれほど危険なのかを肌で感じたかった。そういう意味では、それぞれの映画に素晴らしいところと少しの不満があった。

そうとはいえ、考えさせられることは多々あった。アメリカ・イギリスの『エベレスト』は、下山を促すガイドが、どうしても登りたいという登山者に付き添って死んでしまうという展開で、みんなバラバラに行動するところがいかにも個人主義の国らしい。そして韓国の『ヒマラヤ』は、儒教の教えを汲んでいる。ただ、隊長の後ろを勝手に隊員が登って来る設定になっているのは、たぶん日本では考えられないのではないかと思う。隊長の指示となれば絶対に守らなければならないはずだ。やはり山登りにもお国柄があるようだ。

『MERU』は、世界一の壁と呼ばれるヒマラヤ・メルー峰シャークスフィン登頂が描かれている。登攀シーンはドキュメンタリーだけあって迫力に満ち、三人のクライマーたちの人生と葛藤《かっとう》が深く心に迫って来る。彼らは撮影も自分たちで行っていて、その映像の凄《すさ》まじさと美しさは圧巻だ。

前々から思っていたのだが、登山家はすごいが、それを撮影するカメラマンもすごい。この映画だけでなく、テレビの『世界の名峰グレートサミッツ』『グレートトラバース』などを見るたびにそう思う。登攀装備の他に、カメラの機材まで背負わなくてはならない。

聞くところによると、山岳カメラマンの多くは登山家で、それからカメラの技術を身に付けるとのことだ。そうでなければ素晴らしい映像は撮れないのだろう。

一流の山岳カメラマンは、一流の登山家でもある。

9　山の怖くて不思議な話

さて、山にはさまざまな逸話《いつわ》がある。

時にはぞっとするような体験をすることもある。

ある時、あまり体調がよくなかった私は、最後尾を歩いていた。私の遅れを気にしてくれるメンバーが、何度も立ち止まってくれるのが申し訳なくて「ひとりで大丈夫だから、先に行って」と、言った。そのコースは何度も登ってよく知っていたし、天気はよく、迷う心配もなく、合流地点もわかっていた。

やがてみんなの姿が見えなくなった。私は自分のペースでゆっくり登っていった。すると、背後から足音が聞こえて来た。

ああ、誰か来たんだな、道を譲らなくちゃ。

と、脇道に逸《そ》れて振り返った。けれども誰もいない。

あれ、聞き間違いだったかな。

再び歩き始めると、また足音がする。でも、振り向いても誰もいない。風の音だろうか。

木の擦れる音？　それとも動物が通り過ぎたのだろうか。そんなことが何度も繰り返された。

ようやくメンバーたちと合流して、足音について話すと、リーダーが言った。

「山ではよくあることだから、気にするな」

えっ……？

実際、登山家たちはその手の経験をしている人が多いという。

これは単独で登ったUさんの話。

テントを張って、シュラフでうとうとしていると、外から呼び掛けるような人の声が聞こえた。道に迷った登山者だろうかと、外に出てみたが、それらしき姿はない。寝惚《ねぼ》けたかな、と、テントに戻ろうとすると、またしても声が。何せ真夜中のこと。辺りは真っ暗で何も見えない。

「どうしたんですか」と、暗闇に向かって声を掛けると「こっちです、こっちです……」と、か細い返事があった。声のする方へと近づき、そしてテントから十数メートルほど離れたところまで行って、Uさんはハッと足を止めた。いつの間にか断崖絶壁の縁まで来ていたのである。全身総毛立って慌ててテントに戻った。

「呼ばれたのかな」と、Uさんは言った。

「あの辺りで滑落した人は結構いるから」

こちらはWさんの話。

学生時代、山岳部に入って初めて冬山縦走に出掛けた時のことだ。夜、部員たちが無人の山小屋に入って寝ていると、零時に近い時間になってドアをノックする音が聞こえてきた。慌ててWさんがドアに向かおうとすると、隊長が「いいから寝てろ」と止めた。

「でも、誰か来てるみたいなんですけど」

「入りたいなら、自分で入ってくる」

リーダーは素っ気ない。考えてみれば確かにそうだ。ドアに鍵が掛かっているわけじゃない。山小屋には誰でも簡単に入ってこられる。どうして中に入ってこないんだろう。不思議に思っていると、隣の先輩がそっと教えてくれた。

「冬にこの山小屋に来るといつもそうなんだ。一晩中、こうしてドアがノックされる」

「それって……」

「まあ、そういうことだ」

翌朝、山小屋の外に出てみたが、雪の上には足跡ひとつなかった。

その他にも、危険な岩場で誰かに背を押されたような気がする、とか、ロープを使って岩壁を登攀中に誰かがザックにしがみ付いたように重くなった、など、さまざまな話を聞く。霊感などまったくない私だけれど、出会わないとは限らない。できるものならそんな経験はしたくないものだ。

もちろん怖い話ばかりじゃない。いい話だってある。

Tさんからはこんな話を聞いた。

「友人とふたりで登っていた時、木の根に足を引っ掛けて転んでしまってね。足首を捻《ひね》って動けなくなって、その上、岩に額をぶつけて結構な出血があった。それでそこから二十分ほどの山小屋に友人が助けを求めに行ってくれたんだ。とにかく額からの出血がひどくて、押さえたタオルが真っ赤になった。そりゃあ不安だった。俺ひとりだし、もしかしたらこのまま死んでしまうのかもなんて考えた。そうしたら、どこからともなくおじさんが現れたんだ。『ひでえな』と、おじさんは言うと、草叢《くさむら》に入って葉っぱを摘《つ》んできた。それに唾《つば》を掛けて、手で揉《も》んで、俺の額にぴたって貼ったんだ。『これで血が止まる』ってぼそっと言って、すぐにどっかに行ってしまった。その後、友人が山小屋の人と一緒に救助に来てくれたんだけど、後で聞いたところによると、葉っぱは血止めの薬草ってことだった。友人はいい登山者に出会えてよかったなって言うけど、後で考えると、あのおじさん、登山者とは思えないんだよね。標高二〇〇〇メートル以上あるのに、ザックも背負ってなかったし、服装もラフなシャツとズボンだった。俺、その時思ったんだ。あれは山の神様だったんじゃないかって。そうとしか思えないタイミングなんだ。それ以来、山に登る時は、麓の神社や頂上の祠《ほこら》には必ず手を合わせるようにしている」

どうせ出会うなら、やっぱり神様の方であって欲しい。

そうだ、Dさんの話も書いておこう。

うんと若い頃、磐梯山《ばんだいさん》の麓にある旅館に泊まった時のことだという。山登りに来たわけではなくて、仲間で温泉に浸かってのんびり過ごす予定だった。

夕食まで時間があったので、ちょっと里山を散策してみようという気になった。森を抜けて登り下りを繰り返した先に東屋《あずまや》があると聞いた。一時間くらいで行けるというので、気楽にひとりで出掛けた。それが午後二時少し前。往復しても四時には戻って来られる。

季節は秋で紅葉が美しい。緩やかな山道はとても気持ちよく、散策には絶好のコースだった。足取りも軽やかに登り、やがて東屋に到着した。そこでしばし休憩。床に目をやると、前に来た人が落としていったらしい煙草の吸殻が一本残っていた。

十分ほど過ごして帰路についた。三時を少し過ぎたところである。空はまだ明るい。けれども高い木々に囲まれた森の中はすでに薄暗くなり始めていた。

二十分ほど歩いてふと足を止めた。似たような東屋が目に付いたからだ。

「あれ、途中にもうひとつ東屋があったんだ」

登っている時はまったく気づかなかった。とりあえず中に入ってみると、造りもまったく同じである。

その時、何気なく足元を見てハッとした。煙草の吸殻が落ちていたからだ。

ここは前の東屋なのか？

どうやら道を間違えてしまったらしい。どうしてそうなったかはわからない。登って来た道をそのまま辿りながら下りたはずである。

もちろんすぐに東屋を出た。今度は慎重に道を確認し、麓へと向かった。ところが、二十分ほどして見えて来たのはまた同じ東屋だったのである。

わけがわからない。

道に迷ったのか。そんな馬鹿な、単純な道ではないか。と思うが、落ちている吸殻を見る限り認めざるを得ない。

その頃にはもう足元が覚束ないほど辺りは暗くなっていた。

戻ろう。でもまた同じ道を辿ってしまうのではないかと、怖くなった。助けを求めようと携帯電話を手にしたが圏外。時刻はすでに五時近くになっている。夜になったら絶対に帰れない。かといってここで一晩明かすなんてとてもできない。気温も急激に下がっている。

どうしよう、どうしたらいい……。

パニックになった。

その時、小さな灯りが見えた。目を凝らすとヘッドランプを点けた人が近づいて来る。

炭焼きのおじいさんだった。

藁《わら》にもすがる気持ちでDさんは駆け寄った。

「すみません」

炭焼きのおじいさんはびっくりしたようだ。

「あんた、こんなところで何をしているんだ」

「道に迷ってしまったんです」

「迷った？　麓はすぐそこだろうが」

「それはわかっているんですけど、何度歩いてもここに戻って来てしまうんです。ご迷惑でしょうが、麓まで連れて行ってもらえませんか」

「しょうがないなぁ」

というわけで、Dさんは炭焼きのおじいさんに連れられて、宿の灯りが見えるところまで案内してもらったのである。

「ありがとうございました」と、腰が折れそうなほど頭を下げて感謝したのは言うまでもない。

もし、おじいさんに会わなかったらどうなっていただろう。宿で大騒ぎになったのは間違いない。地元の捜索隊にお世話になったかもしれない。

「舐めてるつもりはなかったんだけれど」と、Dさんは言った。「まさか、あんな近いところで道に迷うとは思わなかった。今でもどうして迷ってしまったのかわからない。狐につままれたっていうのは、こういうことなのかな」

里山でもこんなことが起こるのである。

山は怖いと改めて思う。いちばん怖いのは、本人が迷っているつもりがないうちに、どんどん道から逸れてしまうことだ。

山には狐も熊も鹿も猿も棲《す》んでいる。

そして、きっと神様も魔物も潜《ひそ》んでいる。

10 富士山は、登る山か眺める山か

ある時、富士山に登ろうという話になった。

シューマン鈴木さんが「静岡県出身なのに、まだ富士山の山頂に立ったことがないんです。一度、登りませんか」と言い出したのがきっかけだ。それを聞いたベティ菊地さんも「私も静岡出身ですけど、登ったことがないんです。ぜひ登ってみたい」と賛同した。

私もすっかりその気になった。やはり、日本最高峰・標高三七七六メートルの頂上に一度は立ってみたい。

聞けば、日本で二番目に高いのは南アルプスの北岳《きただけ》で、こちらは標高三一九三メートル。六〇〇メートル近くの差がある。富士山は日本で断トツに高い山なのだ。

実現したのは、世界遺産に登録される前年の八月後半である。

毎年、登山者数は三十万人前後。それもシーズンの二カ月間だけでその人数が登るのだから驚いてしまう。単純計算で、毎日五千人が登ることになる。

メンバーは七人。東京から来る彼らは、早朝、新宿からバスに乗り、午前十時ごろに吉《よし》田口《だぐち》（スバルライン五合目・標高二三〇五メートル）に到着する。

私は出発が軽井沢なのと、メンバーの中でいちばん年上だし体力にも自信がないので、前日入りし、麓のホテルで一泊した。

到着した日は曇っていて、残念ながら富士山の姿は見えなかった。それでも夜になって雲が途切れ、夕闇の中に美しい稜線が浮かび上がった。登山道に登山者のヘッドランプが列をなしてゆらゆら揺れているのが見える。明日は自分がそこを登っているのだと思うと、ちょっと興奮した。

翌朝、やはり天気は曇り。富士山は見えない。自然には勝てないのだから仕方ない。そんな中、予定通りに吉田口でメンバーと合流した。吉田口もすでに二三〇〇メートルあるので、高度に慣れるため、一時間ほどぶらぶらして過ごすことになった。

それにしても登山口前の広場は賑《にぎ》やかだ。レストランや土産物店が何軒もあり、これから登る人、下りてきた人、観光客などの老若男女で大混雑している。外国人もすごく多い。ザックを背負いウェアを着込んだ登山客はもちろん、ハイヒールにミニスカート姿の観光客も混在している。

午前十一時になって出発した。

登山口からはなだらかで、馬や馬車も通る広い道が続いていた。天気は相変わらず曇ったまま。ガスも濃く、風景はほとんど見えない。ゆっくり登るよう言われたので、のんびり歩いてゆく。

泉《いずみ》ヶ《が》滝《たき》の分岐点からの登りに入ると、樹林帯が続き、少し傾斜がきつくなった。いやいや、これできついと言ったら笑われるだろう。息が少し上がる程度だ。

一時間半ほど歩いて六合目に到着。とはいえ、まだ標高差九〇メートルしか登ってないと聞かされて、軽くショックを受けた。

周りは相変わらずガスに包まれている。天気はイマイチだけれど、その分、涼しい。いや涼しいどころか、立ち止まっていると肌寒いくらいだ。たぶん地上では三〇℃を軽く超えているはずだというのにここは別世界だ。

水だけはしっかり飲むように、と、リーダーからしつこく言われた。脱水は高山病を招く大きな要因になる。

この高山病については、出発前から聞かされていた。標高三〇〇〇メートルを越えると、三人にひとりは症状が出るという。つまりこのパーティではふたりが罹《かか》る確率になる。

果たしてどんな症状なのか。その時の私には想像もつかなかった。まあ、何とかなるだろうと思っていた。

樹林帯を抜けるとようやくガスが晴れた。目線を上げれば、登山道が頂上に向かって九十九折に続いている。想像していたより遥《はる》か先まで延びていて、ちょっと不安になった。

道は石ころだらけのガレ場で、かなりの斜度だ。そこに延々と人の列が続いている。

とにかく登る。ひたすら登ってゆく。だんだん息が上がり、太腿や脹脛が張っていった。徐々に足が前に出なくなり、後から来た登山者に抜かれてしまうが、どうしようもない。頑張り過ぎてもバテるだけなのはわかっているので、自分のペースで登るしかない。

午後二時少し前、標高二七〇〇メートルの七合目に到着した。残念ながら、ガスがかかって景色はほとんど見えない。

宿泊予定の山小屋は八合目にある。到着まであと一時間半ほどかかるという。水を飲み、チョコレートを食べ、アミノ酸を摂り、しばし休憩したのち、再び登り始めた。

この辺りから登山道が狭くなった。岩場の急斜面が続き、登っても登っても登りが続く。はぁはぁと、呼吸は荒くなる一方だ。酸素が薄い。なかなか肺に入ってこない。さすがにメンバーたちもすっかり無口になっていた。

午後三時過ぎ、ようやく宿泊する八合目の山小屋に到着した。標高三一〇〇メートル。人生初の三〇〇〇メートル超えだ。

今日は休憩を含めて四時間余り、標高差八〇〇メートル弱を登ったことになる。時間はかかったが、高山病にも罹らず、無事に辿り着けてホッとした。

陽が落ちると、ガスが切れ、富士吉田の街の明かりがきらきら輝いているのが見えた。ああ、こんな高いところに登ってきたんだなぁ、と実感した。空気が澄んで、星が近い。風は冷たいが、頬に当たれば心地いい。天気はよさそうだ。明日、出発予定は午前一時。

ご来光を拝めますようにと祈りながら、七時半には床に就いた。

ところが、これが眠れない。疲れているはずなのに目が冴《さ》えている。時間が早いせいもあるが、夜になっても弾丸ツアーとおぼしき登山客がひっきりなしに登っていて、登山道に面している山小屋には足音や話し声が筒抜けだ。うとうとしてすぐ目覚める、を繰り返した。

そんな状態のまま午前零時前には起きて、出発の用意を整えた。

寝不足で大丈夫かな、と不安になったが「問題はない」とのこと。むしろ熟睡すると、呼吸が浅くなり高山病に罹りやすくなるという。

山小屋の広間に行くと、小屋の人が言った。

「頂上近くの登山道は、ご来光目当ての登山客ですごい渋滞を起こしている」

気温は五℃。頂上付近はもっと低い。立ち止まったまま待っているのは寒さが身に沁みる。それに、どうせ頂上は満員でご来光は見られない。ということで出発は午前三時に変更となった。

登山道は東に向いているので、ご来光はどこででも眺められるという。せっかくなら頂上で迎えたかったが、それも仕方ない。

寝不足ではあるものの、体調はいい。朝食も頑張って全部食べたし、シャリバテの心配もない。これなら行ける。やる気まんまんで、午前三時、防寒用ウェアを着込み、毛糸の帽子を被り、ヘッドランプを点灯して、山小屋を出発した。

ところが三十分ほど登った頃から、どういうわけか、だんだん気分が悪くなって来た。朝食が胃にもたれてムカムカする。しばらく我慢したが、本《ほん》八合目（三四〇〇メートル）まで来て、とうとう足が止まった。

駄目だ、吐きそう……。

私は言った。

「これ以上、登れそうにないので登頂は諦める。私のことは気にしないで、みんな登って来て。帰りは下山道に合流するところで待ってるから」

結局「とにかく、いったん休もう」ということになり、メンバーたちには申し訳なかったが休憩タイムとなった。

私のこの気分の悪さは、やはり高山病の症状のひとつだったようである。起きた時はあんなに元気だったのに、どうしてこうなったのかわからない。どこかで舐めていたのかもしれない。やはり寝不足があったのだろうか。朝食を一気に食べて胃に負担がかかってしまったのだろうか。今更ながらだけれど、反省点がいくつも浮かんだ。

ぐったりしながらベンチに座っていると、徐々に東の空が明るくなって来た。群青色《ぐんじょういろ》の空が少しずつ朱に染まり、空全体が紅く燃え上がってゆく。やがて太陽が海から顔を覗かせた。

ご来光だ。

光が一直線に伸びて来て、顔を照らしてゆく。

ああ、なんて綺麗なんだろう。

うっとり眺め入っていると、山小屋の人が出て来て言った。

「今シーズン最高のご来光だ」

バテバテの私の気持ちを盛り上げようとしてくれたのかもしれない。それでもとても嬉しかった。

頂上には登れなかったけれど、ここでこんなに素晴らしいご来光を見られたのだから、本八合まで来た甲斐《かい》があったではないか。私は十分に満足していた。

ご来光を見物後、メンバーたちはザックを背負った。すっかり戦意を喪失していた私は、もちろん彼らをここで見送るつもりだった。それなのに、リーダーは「さあ、行くぞ」と私を促す。もちろん、私は首を振った。

「とても登れない、合流地点で待ってる」

「大丈夫。太陽の光を浴びているうちに元気になる。必ず頂上まで登れる」と言うのである。

太陽の光を浴びたら元気になる？　まさか。

「行くぞ」

山ではいつも、決して無理強いしないリーダーがここまで言うのは珍しかった。ちなみに、リーダーが富士山に登るのはこれで九回目、前の八回はすべて冬の富士登山だったという。確かに冬に較べたら楽かもしれないけれど……。

結局、押し切られるような形で登り始めた。

そして、びっくりした。本当にそうなったからだ。太陽の陽射しを浴びているうちに、身体の芯が温まり、体調がどんどんよくなっていった。これには驚いた。太陽ってすごい、太陽って不思議。太陽は特別なエネルギーを発していることを実感した。

一時間かけて九合目へ。

頂上まであと少し。傾斜がきつくて息が切れる。足場が悪くて足の筋肉がぱんぱんに張っている。もうすぐ、とわかっているけれど、それが実に長い。

ようやく鳥居が見えてきた。頂上はそれをくぐった先にある。そして、とうとう山頂に到着。「やった……」と、私は気の抜けた声を出すのが精一杯だった。

幸運にも頂上は快晴で、素晴らしい景色を眺めることができた。駿河湾《するがわん》、伊豆半島《いずはんとう》、樹海が広がり、河口湖《かわぐちこ》や山中湖《やまなかこ》もはっきり見えた。目を凝らせば、道路に車が走っているのも見てとれた。

メンバーたちと写真を撮り合ったり、おでんを食べたり、お土産を買ったりしているうちに、すっかり体力も回復していた。深さ二〇〇メートルある火口を覗きにも行った。いつかは、火口を一周するお鉢巡《はちめぐ》りもしてみたい。

頂上には一時間ほど滞在し、下山となった。下山道は、登山道とは別ルートになっている。段差が少なく、道幅は広く、岩場もなく、砂利が敷いてある。前へ前へと、単調に足を進めればいいのだから、登りの辛さに較べたら楽勝と思っていた。

ところが、それはとんでもない誤解だった。

下り始めて三十分ほどすると、膝がガクガクになった。登りで疲れていたせいもあるだろうが、上半身と下半身の動きが合わず、しばしば腰砕け状態で転んでしまう。また、あまりに長く下りが続くので、靴の先に爪が当たって痛くてたまらない。

登りも確かに辛かった。心肺機能が限界を超え、高山病らしき症状も出た。けれども下りはそれとは真逆の辛さだった。筋肉と関節が悲鳴を上げ、頭がぼんやりしてほとんど思考が巡らない。これが三時間以上続く。

アスリーター貴島さんとハイブリッド小林さんは、驚くようなスピードで下っていく。さすがにふたりともランナーだ。ベティ菊地さんは淡々と自分のペースを保持している。シューマン鈴木さんはどうやら途中で膝を痛めてしまったらしい。それでも、私に付き添って一緒に下ってくれた。

五合目登山口に辿り着いた時、どんなにホッとしただろう。すでに足は自分のものではないような感覚だった。

お疲れさまでした。

掠《かす》れる声で、メンバーたちと握手を交わす。

登山靴を脱いだら、案の定、両足の親指の爪は内出血で真っ黒になっていた。

二度目の富士山

何はともあれ、ご来光は見られたし、頂上にも立てた。これで十分。もう二度目はないと思っていた。

それがひょんなことから、三年後にもう一度登ることになった。

実はその年の秋、エベレスト街道を歩き、標高五五四五メートルのカラパタールに登るという計画が持ち上がった。そのために高所訓練を行おうという話になったのだ。

この三年の間に、浅間山をはじめ八ヶ岳や谷川岳をそれなりに登って来た。少しは体力にも自信が付いた。前回よりも楽に登れるに違いない。どこまでやれるか、内心、試してみたい気持ちもあった。

メンバーはヒマラヤに同行する四人。出発は前と同じ吉田口。

天候は雨で、のっけからレインウェアを着込んでの登りとなった。時期は山開きのすぐ後だったので、ほとんど冬といってもいいくらい寒い。気温が低くて息が白くなった。登山者もちらほらしかいない。けれどその分、大混雑した真夏とは違ってゆったりと登れるのが有難い。

四人とも体調はよく、雨は降り続いていたが、順調に七合目に入った。やはり三年前に比べたら、ずいぶん体力が付いたものだと嬉しくなった。

ところが、ここから微妙に予定が狂い始めた。それは体力というより、別のことだ。

まず昼食を摂る段になって、前もってリーダーがネットで調べてオープンを確認していた山小屋に行ったが、これが閉まっている。予想外だった。しかし閉まっているものはどうしようもない。仕方なくそのまま登り続け、次の山小屋に向かった。

そこはオープンしていたが、食事らしいものは作れないと言う。あるのはカップラーメンだけだった。

山開き直後ってこんなものなんだろうか。

とはいえ、ないものはしょうがない。カップラーメンを貰うことにした。お腹もすいているが、とにかく中に入って、雨で冷えた身体を温めたかった。

が、小屋に入ろうとしたところで止められた。濡れているウェアで入ってもらっては困る、というのである。ウェアが濡れていると、小屋の中も濡れ、始末が大変だから、と言われた。びっくりした。

外で食べてくださいと、カップラーメンを手渡されたものの、雨は降りしきっている。

カップに雨がじゃんじゃん入って来る。瞬く間に冷たくなって、味の薄まったラーメンを、立ったままぼそぼそ啜《すす》った。

次に立ち寄った山小屋も同じだった。熱いコーヒーを飲みたくて戸を開けたが、中には入れてもらえなかった。理由は同じだ。

雨は降りしきっている。身体は冷える一方だ。ふつふつと、胸の中に疑問が湧いた。

山小屋というのは、登山客が頼りにするための場所と思っていた。でも、どうやらここではそうではないらしい。

相変わらず降りしきる雨の中を登り続け、どうにかこうにか宿泊予定の山小屋に到着した。

入ると、すぐにビニール袋をふたつ手渡された。ひとつは靴入れ、ひとつはレインウェア入れで、それらを詰め、寝床のある場所に持っていくように言われた。しかし靴もレインウェアもびしょ濡れだ。「乾かせてもらえませんか」と頼んでみたが「できない」ときっぱり断られた。

ふたつのビニール袋を手に寝床に向かった。長い二段作りになっていて、布団がびっしり敷いてある。かなり狭く、足元にザックを置くのが精一杯で、ふたつのビニール袋をどこに置けばいいのかわからない。身体を縮こませてスペースを作るしかなさそうだ。

その上、布団は濡れていて、砂でざらざらだった。

ここで寝るのか……。

仕方ない、仕方ない、と私は自分に言い聞かせた。これがここのルールなんだから仕方ない。

でも、だんだん遣り切れなさが募っていった。

他の登山者たちも同じだったのだろう。みんな寝床には行かず、広間に集まっていた。とにかく寒い。広間には唯一囲炉裏《いろり》があって、みんなその周りに集まって暖を取ろうとした。しかし薪《まき》はほんの少ししか入っていない。火はチロチロと燃える程度でとても温まらない。もっと薪を入れて欲しいのだが、それを判断するのは目の前に座る山小屋の主人で、誰も何も言えない。

そんな中、登山客のひとりが隅にファンヒーターを見つけて、点けてもらえないかと頼んだ。しかし答えはNO。「今使うと、後々燃料が足りなくなるから」とのことだった。

世界遺産に登録されたせいもあるのだろう。その日は外国人の登山者がとても多かった。宿泊客は五十人ほどいたと思うが、七割がたが外国人だった。誰も文句を言わず、黙って寒さに耐えていた。

日本人として恥ずかしい気持ちが半分と、悲しい気持ちが半分。やはりこれも仕方のないことなのだろうか。我慢しなければならないのだろうか。もちろんタダで泊まっているわけではない。八千円ほどの宿泊料金を払っている。山小屋って、いったい何のためにあるのだろう。

持って来たウェアを全部着込み、震えながらそんなことをずっと考えていた。

翌朝は何とか晴れて、少しだけれど雲の切れ間からご来光を見ることができた。前回に較べたら体力的にもずっと楽だったし、高山病にも罹らなかった。登山自体はとても有意義なものになった。

でも、気持ちは晴れなかった。

寒さでほとんど眠れず、とにかく早く下りたい、身体を温めたい、家に帰りたい、そればかり考えていた。だから頂上には向かわず、そのまま下山した。

富士山は登る山じゃない、眺める山だ。

誰かが言っていた言葉が思い出された。

日本でいちばん高い山。どの山よりも有名で、一度は登ってみたい山。それが富士山。

でも、今のところ、三度目はない。

11　冬山の美しさと厳しさ

　あれは登山を始めて二年目、秋が深まった頃だった。

　ふと、リーダーが言った。

「そろそろ準備を始めないとな」

「ああ、床暖と薪ストーブね」と答えると、呆れたような顔をした。

「何の話だ。冬山登山の準備だろ」

　しばし言葉が出なかった。その頃の私には冬山なんてあまりにハードルが高過ぎた。夏の登山でさえ精一杯だというのに、雪が積もり、場所によっては氷でつるつるになった山道を登るなんてできるはずもない。

　そんな私を見透かしたように、リーダーは続けた。

「冬の山は綺麗だぞ。この世のものとは思えない絶景に出会える。四季の中でいちばん見応えがある」

　春の芽吹きも美しかった。夏の高山植物も、秋の紅葉も見事だった。それよりもっと素晴らしい景色が待っているというのか。

話を聞いているうちに、だんだんその気になってきた。冬山といっても、何も厳冬期の穂高や八ヶ岳に登るわけじゃない。天気のいい日を選んで冠雪した浅間山を目指そうというのだ。雪景色がそんなに綺麗ならぜひ見てみたい。

しかし、登るとなればやはり冬用の装備を揃えなければならない。というわけで早速、登山用品専門店に出掛けた。登山道具はもともと安価ではないが、冬となれば尚一層の値段になる。かといって今の装備では登れない。

まずはウェア類。アンダー・ウェア、インナー・ダウン、フリース、アウター・シェル、オーバー・ズボン、手袋、帽子、サングラス等が必要となる。

もちろんウェア類だけでは済まない。冬用登山靴、12本爪のアイゼン（6本爪の軽アイゼンも）、ピッケル、新雪を歩く時に役に立つというのでスノーシューも購入した。

すべての装備を購入してから気付いたのだが、これだけ揃えると「使わなくちゃもったいない」と思うようになるに違いないと、リーダーは踏んだようだった。それはまさに正解で、何だかんだ言いながらも装備を揃えると、やはり登りたくなるものである。

何しろ初めて冬山登山に臨むのだ。いつもと状況が違う。浅間山に登る前にやはり練習が必要だということで、まずは小《こ》浅間山（一六五五メートル）に出掛けた。

小浅間山は、浅間山の東側に位置していて、まさに浅間山を縮小した山容をしている。登山口から頂上までの標高差は約二五〇メートル。時間にして四十分くらい。なだらかな山道が続いていて、練習にはもってこいのルートだ。登山口には東京大学地震研究所の浅間火山観測所がある。

普段からあまり登る人がいないせいか、駐車場は狭く、五台停められるかどうかのスペースだ。私たちの他に車はなかった。初めての冬山ではあるけれど、他のシーズンには何度も登っているので気は楽だ。

登山口の積雪は二〇〜三〇センチくらいだった。気温は〇℃ほど。

まず靴にアイゼンを装着するところから始まった。しかし、その時点でかなり手間取った。

私の購入したのはセミ・ワンタッチ式アイゼンといって、靴を載せて、踵《かかと》に付いているバネのような金具を上げる。それから付いている紐《ひも》を靴先の金具に通して、きつく締め上げ、残った紐は邪魔にならないよう結んだり挟んだりして処理をする、という形になっている。

この手順については、家で練習しておいたのだが、実際に外で装着しようとするとなかなか上手くいかない。何しろ、冬用の分厚い手袋をしているのでスムーズにセットできない。仕方なく手袋をはずしたら、すぐに注意された。

「アイゼンの脱着は手袋を着けたままやる。ここではそんなに気温が低くないから素手でもやれるが、山の中だったら指先が凍傷になる。手袋に慣れておけ」

というわけで、手袋を着けて、何とか装着を済ませた。

アイゼンを付けると、これが思ったより重い。冬の登山靴は夏靴よりかなりボリュームがある上に、アイゼンが加わって、片足が一キロを超える重量になった。これでも昔に較べたら劇的に軽くなったそうだ。

歩き始める前にふたつの注意点を告げられた。

両足の間隔を肩幅ぐらいにキープすること。

汗をかかないように登ること。

ひとつめは、歩行中に片側のアイゼンの爪が、もう片方の登山靴に引っ掛かって転倒するのを防ぐため。ふたつめは、汗をかくと休憩の時に一気に身体が冷えて、低体温のリスクが高くなるからとのことだった。

いざ出発。アイゼンがサクッサクッと雪に食い込む感触はなかなか爽快だ。足が滑らないので、一歩分きちんと身体が前に進んでくれるのも有難い。不安定な夏のガレ場を登るより快適なくらいだった。手にはストックの代わりに、ピッケル。今ひとつ使い方がわからないが、いつか使いこなせるようになるだろう。

二十分ほど登っただろうか。靴とアイゼンの重さがだんだん辛くなってきた。つい足元がふらついてしまう。

そんな時だ。あっと思った瞬間、前のめりになった。右のアイゼンの爪を左の靴に引っ掛けたのだ。気が付いたら転んでいた。それも思いっきり派手に。注意していたつもりだが、本当にあっという間のことで、一瞬、何が起こったのかわからなかった。雪まみれのまま茫然《ぼうぜん》としていると、声が飛んだ。

「これが本番だったら滑落だぞ」

それから厳しい口調でこんこんと諭された。

「危険なのは滑落だけじゃない。アイゼンの爪は鋭くて時には凶器にもなる。下手《へた》をしたら、靴を突き抜けて足に刺さったり、転んだ拍子に身体に刺さったりして大怪我《おおけが》をする。ゆっくりでいいから一歩一歩慎重に進め」

歩き方としてはガニ股に近い感じだろうか。格好悪いが、安全第一だ。

言われた通り慎重に歩を進め、樹林帯を抜けてゆく。ようやく見晴らしのいい場所に出た。そこはびゅうびゅうと北風が吹いていた。その強さと冷たさは想像以上だった。風速一メートルごとに体感温度が一℃ずつ下がってゆくというのも頷ける。じきに冷たさで耳が痛くなった。いや痛いなんてものじゃない。ちぎれそうな強烈さだ。アウター・シェルに付いているフードを被っていても、耳の奥の方、脳にまで痛みが広がってゆく。身体を温めるためにも、とにかく必死で登った。

何とか頂上に到着することができて、そこで休憩となったのだが、今度は急速に身体が冷えてゆく。登っている途中は気付かなかったが、やはりかなり汗をかいてしまったようだ。濡れたアンダー・ウェアの冷たいこと。

情けないことに、結局、ふたつとも注意点は守れなかった。

この小浅間で何度か訓練を繰り返した後、冬の浅間山系・黒斑山に向かった。もう何度も登っているが、すっぽりと雪に覆われた登山道は初めてで、まるで知らない山に来たようだった。

登山口は標高二〇〇〇メートル。通常のコースを説明すると、十五分ほど緩い坂道を進んでゆき、車坂峠《くるまざかとうげ》に出ていったん下り、そこから先は急勾配が続く。二十分ほど頑張ると、広いガレ場に出て、その後はゆったりと進める。更に二十分ほど歩いて樹林帯を抜けると、次は木の階段だ。今はかなり荒れていて（現在、補修中とのこと）、ここは息が上がる。十五分ほど頑張ればシェルターに着き、そのまま最後の樹林帯を抜けて槍《やり》ヶ鞘《さや》に到着。ここは浅間山（前掛山）の全貌が見渡せるので、一気に気持ちは盛り上がる。

とはいえ、今回は冬山だ。最初こそ、岩が雪に埋もれているので歩きやすかったが、車坂峠を越えるとトレースがまったくなく、真っ白な雪面が広がっていた。リーダーがルートを作りながら先に登って行く。下で待機していると「いいぞ」の声が掛かった。

そのままルートを歩けばよかったのだ。それなのに、私はつい近道をしようとして、新雪の中に入った。しばらく進んだ時だ。いきなりズボッと雪の中に身体が嵌まった。雪は胸の辺りまである。前に進もうとしたのだが進めない。後ろに退こうとしても戻れない。雪の圧力は相当のもので、身体は動かず、にっちもさっちもいかなくなった。どうすればいいのかと焦《あせ》っているとリーダーから「泳げ」との声が掛かった。

泳ぐ？

意味がわからない。

聞き返すと、雪の上に身体を浮かせて、平泳ぎみたいに両手両足を動かしながら、前へ進めというのである。半信半疑ながらもそれに従うしかなかった。で、本当だった。それで何とか深雪から脱出できたのである。ホッとしつつも、まさか冬山で泳ぐようになるなんて思ってもみなかった。

そんな失敗もあったけれど、冬山の美しさはやはり格別だ。

忘れられないのは、浅間山にある草すべりから見た景色だろうか。

前掛山の裾野から湯ノ平高原のカールに、真っ白な森が広がっていた。霧氷に覆われた木々は、太陽の光を浴びて白銀に輝いている。それはまさに百万本のクリスマスツリーだった。

以来、冬山にもちょくちょく登るようになった。

さすがに厳冬期は無理だけれど、八ヶ岳や谷川岳にも出掛けた。行くたびに、やはり冬山の美しさは格別だとしみじみ思う。

もちろん天候を見極めて、荒れないとわかっている日に限っている。ただ、どんなに気象予報を調べても、冬山の天候は変わりやすく、情報には今日一日快晴とあったのに、急に吹雪《ふぶき》に見舞われてしまう場合もある。その危険性は十分承知している。

ただ困ったことに、冬山の美しさを知ったからこそ、また、登るのがどんなに大変かわかるようになったからこそ、時についつい欲張ってしまう。もう少し登ったらもっとすごい景色が見られるかもしれない。今は吹雪いているけどしばらく待っていれば晴れるかもしれない。せっかくここまで登って来たのだから、下ってしまうのはもったいない。そんな気持ちが湧いてしまう。

たとえ目標の地点まで登り切ることができても、天候が荒れたら大変な目に遭う。そこで体力を使い果たしてしまっては下りられなくなる。

「山は逃げない、また来ればいい」

その通りだ。登山は登るだけじゃない。無事に下りてきてこその登山。たとえ頂上に立っても、下りられなかったらそれは遭難になるのだから。

今年もまた、冬山シーズンがやって来た。

冬、足跡のまったくない雪道を歩き、素晴らしい風景を見られるなんて、何て贅沢なんだろう、という楽しみは十分にある。

けれども、正直を言うと、アレさえなければいいのに、という本音もある。

アレ。そう、ラッセルだ。

ラッセルは、雪の積もった道に人力でルートを作ってゆく作業を指すのだが、これがとてつもない重労働となる。

冬、ドカ雪が降った後に、水ノ塔山にトレーニングに行った時は大変だった。

ここは浅間山の外輪山のひとつで、初心者向けの岩登りが楽しめる。

その日は「うぐいす展望台」まで、すでに道が踏み固められていて、アイゼンも良く効いた。ところが、稜線に出ると足跡はまったくなく、吹き溜まりになっていた。雪はかなり深く積もっていた。

リーダーがラッセルを開始した。まず両膝を使って雪を潰《つぶ》し、足を乗せられるくらいに固める。一歩進んだところで、ピッケルを使って目の前の雪を掻いて崩し、それをまた両膝で圧雪する。これを繰り返してルートを作ってゆく。一歩足を進めるためにいくつかの行程を踏まなければならないので、とにかく前に進むのに時間がかかる。

三十分ほど続けたところで、さすがにリーダーも辛くなったようで、休憩タイムとなった。私といえば、ラッセルの後ろを付いてゆくだけだ。さすがに申し訳なくなって「交替する」と申し出た。

初めてのラッセル挑戦である。見ていた通り、まず雪を崩して、膝で固めて、ピッケルを使って……けれども時間にして五分、距離にして五メートルも進まないうちに、すっかり息が上がり、汗をびっしょりかいた。それ以上、とても続けられない。こんなに大変なんだ、と、改めて驚いた。

結局、またすぐ交替することになったのだが、はなから承知していたのだろう。リーダーは何も言わなかった。残念ながら、やはりその日は頂上には辿り着けなかった。

それからしばらくして、やはりラッセルをしていた時、リーダーの怒りの姿を見ることになる。黒斑山での出来事である。

前日の雪で、登山道にはまったくトレースが付いていなかった。積雪は膝ぐらいまである。リーダーは登山口から黙々とラッセルを始めた。車坂峠を越えると、雪はさらに深くなった。

三十分くらい経って小休止した時、振り向くと、二〇メートルほど後ろに三十代のカップルの姿が見えた。私たちが休むと、彼らも足を止めた。休憩を終えて、再びリーダーがラッセルを開始すると、彼らも歩き始めた。

ラッセルはやはり三十分が限界だった。そこで二度目の休憩をした。振り向くと彼らも足を止めていた。

三度目の小休止で、リーダーはザックを下ろすと、休憩を取っている彼らに目を向けて「ちょっと行って来る」と、言った。

何のことかわからない。メンバーを残して、リーダーは彼らに近づいて行った。そこで短い会話を交わし、じきに戻って来た。その表情は淡々としていたが、怒っていることだけはわかった。

すぐに、彼らがザックを担いで私たちの前にやって来た。

「ラッセル、ありがとうございました。ここからは私たちが先頭でラッセルします」

と頭を下げて、登り始めた。

リーダーは黙って頷き、しばらく休んでから「さあ、俺たちも行くか」と、ザックを背負った。

経緯を聞いたのは、下山してからだ。

「人がラッセルした後を黙って付いてきて、自分たちは楽に登ろうとするヤツを、『ラッセル泥棒』と言う。あのカップルは意図的に『ラッセル泥棒』をやっていて、さすがに頭に来た」

「それで、何て言ったの？」

「ごく紳士的に一緒にラッセルを交替しながら登らないか、って言っただけだ。俺の言わんとすることをすぐに察したんだろう、慌ててラッセルを始めたってわけだ」

ラッセルは辛い。辛いだけに、何とか避けたいと思ってしまう。でも、それじゃ「ラッセル泥棒」になる。

私もいつかは、ラッセルに参加できるようにならなければと思っている。でなければ冬山に登る資格はない。

それでも、あの辛さを思い返すと、やっぱりため息が出てしまうのだ。

12　改めて装備と向き合ってみる

「山では最悪の事態を想定して、最良の装備をして行け」

と、いつも言われる。

特に、慎重の上にも慎重を重ねなければならない冬山登山となれば、装備のメンテナンスには念を入れなければならない。

今シーズンの冬の初め、アイゼンを手にしてとても反省した。昨シーズンに使ったまま放置していたので、爪がすっかり丸くなっていた。

アイゼンは雪や氷の上を歩くだけでなく、岩や石にも足を乗せる。そうするとやはり先が削れてしまう。こうなってしまうと肝心なところで爪が効かなくなる。だからヤスリを使って研いでおかなければならない。

シューズは三年に一度ぐらいで底を張り替えること。防水スプレーもこまめに吹き掛けておくこと。自分の身を守るものなのだから、面倒がらずにきちんと手入れしようと、改めて思った。

それがきっかけで、装備全般がどうなっているか点検してみることにした。

まずはザック。私は今、四つのザックを持っている。

最初に買ったのはデイパックと呼ばれるトレッキング用(というよりハイキング用に近い)の小型のシンプルなものだった。その時は、これから先も続けるかわからなかったので、まあそれなりのものでいい、という気持ちだった。登り始めて、すぐに気が付いた。これでは間に合わない。小さいし使い勝手が悪い。こんなことなら最初にもっとちゃんとしたザックを買っておけばよかったと後悔した。このパターンは私にはよくあることだ。

次に入手したのは三〇リットルのザックで、大きさもちょうどよかった。使い心地もよくて、二泊ぐらいまでなら十分に対応できる。どこに登るにも持って行った。でも、できたら外側にもっとポケットがたくさんあると、荷物を出し入れするのに何かと便利なのにと思っていた。

そこで出会ったのが三番目のザックだ。前のザックより外ポケットが三つも多く付いている。真ん中のポケットの大きさが決め手となった。

前々から、アイゼンをはずした後の扱いが面倒だと思っていた。濡れていたり、泥が付いていたりするので、いつもケースに入れてから、ザックに詰め込んでいた。そのケースもアイゼンの爪で破れたり、完全密封ではないから、中を濡らしてしまうことがある。外のポケットに入れられるならその心配はないし、手早くしまえる。

嬉々として購入したのだが、このザックは失敗だった。身体にまったく合わないのだ。背負っていると、とにかく疲れる。留め具もスムーズに脱着できず、よく手の皮膚を挟んで痛い思いをした。

というわけで、二番目のザックに戻すことにした。やはり、自分にはこれがいちばん合っている。

ところが、南八ヶ岳に出掛けた時のこと。

その日は赤岳鉱泉に泊まり、翌朝に赤岳に向けて出発し、登頂後、再び鉱泉まで戻って来た。これから山小屋に預けておいた荷物をザックに詰めて、すぐに美濃戸まで下りなければならない。

ところがザックに荷物が入らない。来た時と同じ物を入れているのに、どうして入らないのかわからない。タオルが汗を吸って嵩張《かさば》ったとか？　荷物の畳み方が悪いとか？　お土産を買ったわけでもない。持って来たお菓子は食べたのだから、むしろ減っているはずだ。

夕暮れが迫り、急がなければならない時に、荷物詰めに手間取っている私に、リーダーが呆れながら言った。

「仕方ないな、こっちによこせ」

結局、残った荷物を持ってもらうことになったのだ。

今でも、何でそうなったのかわからない。でも、これもまた、私にはよくある話だ。たとえばコンパクトな袋に入ったダウンジャケットを着て、もう一度入れようとすると、ほぼ入らない。

考えてみれば、出発の時、ザックはすでにぱんぱんだった。それがいけなかった。もっと余裕を持てばよかった。

というわけで、今度は四〇リットルの大きさのザックを買った。大きさの割には軽いし、身体にも合っている。日帰りの登山では中がスカスカだけれど、その状態の方が安心なので、最近はこればかり使っている。四個目にして、ようやく理想とするザックに出会えたようだ。

時折、年代物の登山靴を履いて、綿帆布《めんはんぷ》で出来た横長のザック（キスリング）を背負い、膝下で裾が狭くなっているニッカーボッカーにウールのチェックシャツ、という出で立ちの年配の登山者と出会うことがある。たぶん第一次登山ブームの頃からずっと登り続けて来た方だろう。

装備は大きいし重そうだし、機能性に富んでいるとは言えないが、道具を大切に使っている姿はとても素敵に映る。山に対する深い思いも伝わって来る。

そんな登山者を見るたび、何でも新しいものに飛び付かず、今持っている装備類の手入れを怠らないで大切に使い続けなければ、と心に誓う。

と、殊勝なことを書いておいて、その舌の根も乾かないうちに告白するけれど、やっぱり新しい製品に目が行ってしまう。

装備は日々進化している。より軽く、よりコンパクトで、機能性に優れた製品が毎年のように店頭に並ぶ。

実は今、気になってならないものがいくつかある。

まずはストック。今使っているのは三代目で、伸縮させる部分がスクリューでなくレバータイプになっているところが気に入って購入した。けれども畳んでザックのポケットに入れると、どうしても先がザックより上に出てしまう。これが木の枝に引っ掛かって、何度も足を止めることになる。最近、伸縮型ではなくて、折り畳み式のストックを目にするようになった。これだと畳んだ時に三五センチくらいになるので、引っ掛かる心配はない。便利だし欲しいと思っているのだが、今のストックはまだどこも壊れていない。もうしばらく我慢するしかないだろう。

そしてレインウェア。

二年前に買い替えたそれは、前に持っていたものよりずっと機能性が高いと信じていた。けれど長時間雨に降られていると、やはり縫い目の辺りから滲《にじ》んでくる。何とかならないものかと考えていたところに、メンバーのひとりが新作のウェアを手に入れた。

高い防水性と透湿性、そして軽量コンパクト。それだけじゃない、ストレッチまで効いていて、動きやすく着脱しやすいという利点がある。

装備を愛し、手入れし、メンテナンスを行って、大切に使い続けたい。その気持ちに嘘《うそ》はない。それでもやはり、新しい道具が出てくると心が揺れる。欲しい、我慢、でも欲しい。この無限ループから抜け出すのは至難の業《わざ》だ。

そんなこんなもあって、この際、登山グッズを整理しようと思い立った。

部屋の隅に登山コーナーを設けているのだが、いつの間にかモノが溢れるようになっていた。

とりあえず全部引っ張り出してみたのだが、

「どうしてこれを買ったのだろう……」

「あの時は絶対に必要だと思ったのに、全然使わなかった……」

そんなあれやこれやの多いこと。

帽子だけで十個近くある。

登山を始めた頃、野球帽タイプがとても格好良く見えて、いくつか購入した。けれども使ってみると、どうしても頬や首元が陽に晒《さら》され、日焼けしてしまう。それは困るので、結局、全体につばのある帽子に替えた。山ガール的カラフルニット帽も買ったが、いざ被ってみると気恥ずかしくて使えない。

結局、夏用の頭に熱がこもらないよう一部にメッシュを使った通気性のよいもの、冬用の厚手ウールで耳当ての付いたもの。もっと寒くなった時の、帽子の下に被るニットのぴったりしたもの。それから厳冬期用のバラクラバ（目出し帽）。その四種類しか必要ないことがわかった。あとは処分に回すことにした。

次にネックゲイター。

首に巻くものを、私はずっとネックウォーマーと呼んでいたのだけれど、正しくはそう言うらしい。

シューマン鈴木さんによると「多用途ネックゲイター」が便利とのこと。

「それ自体は、スヌードに近いえりまきだと思うのですが、さまざまなシチュエーションで役立つグッズです。陽射しが強い時は、帽子代わりに頭に巻いたり、紫外線や虫や砂《すな》埃《ぼこり》などが気になる時はフェイスマスクに、邪魔になったらリストバンドのように腕に巻き付けたりと、変幻自在。これ以外にもたくさんの使い方があります」

私が持っているそれは、素材がウールやフリースで、確かに暖かいのだが、伸縮性がなく、汗をあまり吸い取ってくれなかった。使い心地がイマイチだったので、来シーズンはシューマン鈴木さんお勧めのものを新調することにしよう。今まで使っていたものは、それこそネックウォーマーとして日常用に回すことにしよう。

さて、手袋はとても重要だ。特に冬は凍傷対策として保温効果の高いものが必要になる。

失敗したのは「これひとつでOK」という謳《うた》い文句に惹かれて買った、防水が施された分厚い革生地の手袋だ。保温効果は間違いなく抜群だったが、山では靴紐を直したり、ザックのファスナーを閉じたり開いたりと、指先を使うことが多い。この手袋はゴツ過ぎて、使いづらいったらなかった。結局、指を使う時ははずすしかないので、いつの間にか利用しなくなった。

ディーン園原さんもこう言っていた。

「保温性が高いかなと思って、冬山用ミトンを買いましたが、やはり指が独立している方がなんだかんだ融通がきき、結局、ミトンは使わなくなってしまいました」

私もまさに同じ意見だ。人にもよるだろうけれど、手袋は一枚ではなく、薄くてストレッチ性があるものと防水を施したものと重ねて着けるのが私には一番使い勝手がいいようだ。

重ねて使うと言えば、ウェア類も同じことが言える。

初めて買ったダウンジャケットは、羽毛布団みたいにふかふかで、お店の人に「南極にも行けます」と言われたほどの代物だった。これならどんな厳寒にも無敵と思ったが、すぐに出番がなくなった。

確かに暖かいが、登山は動いている時は暑く、立ち止まると寒いの繰り返し。その分、体温調節をこまめにしなければならない。一枚ではその融通がきかない。薄手のインナー・ダウンやジャケット、フリースなど何枚かを重ねて着て、状況によって、そのどれかを脱ぎ着する、という方法が便利だとわかった。

アスリーター貴島さんも「機能性のある薄いウェアが増えましたからね」と、言っている。彼はメンバーの中でいつもいちばん薄着なので、かねてから不思議に思っていた。

「暖かくて匂わないメリノウールのアンダー・ウェアは必需品です」

なるほど、スタイリッシュに決めているのには、やはり理由があったのか。

ふかふかダウンジャケットは街着として使うことにしよう。軽井沢だって、真冬はマイナス二〇℃近くまで落ちる日もある。冬山装備が日常で使えるので決して無駄にはならない。

こうなってくると、他のものも気になってきた。

水を飲むために、私はザックの前にボトルホルダーを付けている。ザックの横に付いているポケットに入れると、手が回らず、いちいちザックを下ろさないとボトルを取り出せないからだ。

けれども、急登だったり、梯子を上らなければならない時などは、ボトルホルダーが岩や梯子に引っかかる恐れがある。そんな場に来ると、いつもはずすように注意されていた。

やはりハイドレーションに替えた方がいいだろうか。

ハイドレーションとは、パックに水を入れ、ザックに収納し、細いチューブを通して飲むシステムだ。いつでもどこでも、歩きながらでも飲めるので、給水タイムが不要なのが助かる。最近、これを使っている人はとても多くて、我が山岳会も半数のメンバーが利用している。岩稜登山などでは特に便利だ。

ただ、これも万能というわけではない。シューマン鈴木さんはこう言っていた。

「残りの水の量がわからないのと、冬山では、外に出ているチューブ内の水が凍って飲めなくなる、という難点があります」

やはり一長一短があるようだ。

私が躊躇しているのは、実は、手入れが大変そうという理由が大きい。下山後には、パックとチューブをきちんと洗って干しておかなければならない。ズボラな私は、ペットボトルがいちばん楽だと思ってしまう。購入しても、使うかどうか。今は保留にしておこう。

ついでなので、行動食についてもメンバーたちに聞いてみた。

登山のエネルギー補給と言えば、チョコレートを思い浮かべる人は多いはずだ。チョコレート一枚で遭難を乗り切った、などという話も聞く。けれども実際に持って行くと、夏は溶けてドロドロになるし、冬はカチコチになって味もよくわからない。というわけで、チョコレートならクッキーなどでコーティングされているものが便利だ。メンバー内ではカントリー〇〇やトッ〇が人気である。

私個人としては、甘いものもいいけれど、しょっぱいものが食べたくなる。汗をかくので、塩分はとても大切だ。今のところ「蕗《ふき》みそ」が私の定番となっている。これは毎年、行きつけのお寿司屋さんで作ってもらっている。コンビニのシンプルなおにぎりも、これを付けると五倍くらい美味しくなる。メンバーからの人気も高く、自慢の一品となっている。

そういえば、エネルギー補助食品もすっかり常備品となった。ビタミン、クエン酸などが配合され、疲れに効き目がある。本当にそうかは、実際のところよくわからないが「効くに違いない」という、自分にかけるおまじないみたいなものとして、持っていれば心強い。顆粒《かりゅう》タイプ、ゼリータイプ、私もいつも、どちらかを必ず携帯するようにしている。

ところで、ハイブリッド小林さんが持っている行動食が、ずっと気になっていた。

「それは何？」と、聞いてみた。

「ナルゲンボトルに、好みの行動食を詰めたものです。中身は柿の種＋チョコなど、塩っ辛いものと甘いものを組み合わせていて美味しいです。すごく気に入ってます。取り出しやすく、食べやすいので便利ですよ」

とのことだった。透明なボトルにあれこれ詰めて携帯するのは、確か、『グレートトラバース』等で名の知れた田中陽希《たなかようき》さんも持っていた。見た目もお洒落だし、食べている姿がさも登山家らしく見える。さすがハイブリッド小林さん、憎いツボを押さえている。これはぜひ用意しよう。

13 山で「もしもの時」を考えた

登山の運動生理学や、トレーニング科学を研究している人のデータを読むと、日本アルプスを無理なく登るためには、低山での標高差一〇〇〇メートルを三時間以内で登る基礎体力が必要とのことだ。

となると、私の場合、標高約一四〇〇メートルにある天狗温泉浅間山荘から、二五六八メートルの浅間山頂上までを三時間強で登る、というのがひとつの目標になる。

以前、三時間半で登った経験がある。でもそれは、とても体調がよくて、天気に恵まれて、めいっぱい頑張ってのタイムなので、本格的な登山をする基礎体力があるとは言えないだろう。

昨今のブームもあって、山岳ガイドとタレントが日本の名山に登るというテレビ映像を頻繁に見るようになった。ただあくまで映像なので、大変に厳しい山でも、美しい風景と楽しそうな雰囲気だけが印象に残る。

そして、これなら私も登れそう、と簡単に思い込んでしまう。

この根拠のない、プラスの想像力が、自分の実力を超えた山に向かわせることになる。私も時折、そんな錯覚に陥るので、気を付けなければと自分に言い聞かせている。

そんなことを考えるようになったのも、登り始めて数年経つというのに、最近、登山の最中に基礎的なことを何度も注意されたからだ。

「姿勢!」

登りも下りも、常に背筋を伸ばして上体を真っすぐにする。こうすることによって、身体の重心は常にお尻の下辺りにくるので安定する。たとえ転倒しても、頭から突っ込んだり、仰向けに引っ繰り返るリスクを避けられる。

「フラット・フィッティング!」

早い話がベタ足で歩く。簡単そうだが、最初はロボットみたいにぎこちなくなってしまう。しかし、こうするとソール全体で地面を捉《とら》えることができ、スリップや転倒を防ぎ、身体のバランスが保てる。

「膝を意識!」

街歩きのようにつま先で地面を蹴って歩くと、どうしても筋肉の細い脹脛に負荷をかけてしまう。山では足首から下の力を抜いて、膝で足全体を持ち上げるように歩く。こうすると、大きな筋肉がある太腿を使うことができるので、足の筋肉疲労も最小限に抑えられる。登山の途中、脹脛が攣《つ》ったことがあるが、あれは本当に痛かった。

夏に熱中症らしき症状に陥ったこともある。登る前に十分水分補給を行ったつもりだったが、身体にはすぐに吸収されない。水分は、前の晩からしっかり摂るように言われた。そうか、登山は当日ではなく前の晩から始まっているのか。

靴擦れになったこともあった。いつもの登山靴いつもの靴下なのに、どうして今日に限ってそうなってしまったのかわからない。

「靴紐が緩んでるんじゃないか」

と、言われてハッとした。途中で緩い感じはしていたのだが、大した問題じゃないと直さなかった。靴の中で足が動いてしまったのが原因らしい。靴紐を甘く考えてはいけないと反省した。

飴《あめ》を舐めながら登っていて、途中、ひどくむせてしまった。飴は糖分や塩分を補給してくれる行動食の必須アイテムだが、呼吸が乱れる原因にもなるとのこと。気を付けよう。

登山道で擦れ違った人が、イヤホンで音楽を聴いていた。好きな曲を聴きながらの登山も楽しそうだが、それも止められた。

山で聞くすべての音は貴重な情報になる。人の足音、動物の近づく気配、遠くで聞こえる雷、風の唸《うな》り、落石の恐れ、それらの音が聞こえないと危険を察知できない。言われてみればその通りだ。

山ではほんのちょっとした油断が事故に繋がる。

何度も言うけれど（というか言われている）、事故の九〇パーセントは下りに起こる。私も怖い思いをしたことがある。あれは黒斑山に登った帰りだった。

疲れて来ると、どうしても足が上がらなくなってくる。気持ちが散漫としていたせいもあったのだろう。きつい斜面を下りている時、後ろ足の靴先が岩に引っ掛かったのだ。前のめりになって、あっと思った時にはもう、岩が目の前に迫っていた。咄嗟《とっさ》に両手を岩につくことができたからよかったものの、一瞬でも遅れていたら、岩に顔を激突させていただろう。

これも下りの時、急勾配の岩場を下りなければならなくなった。足の置き場がなく、どう下りていいのかわからなくて、ストックを下の岩に突いて、それを支えにした。するとストックがつるっと滑った。とたんに叱咤《しった》の声が飛んだ。

「ストックに体重を乗せるんじゃない！」

まったくその通りだ。下手をしたら、頭から転げ落ちていただろう。

それらの経験をして以来、ものすごく慎重になった。摑めるものは何でも摑み、とにかく足先に注意を払う。滑落というと何十メートル、何百メートルも落ちることを想像しがちだけれど、ほんの三メートル落ちただけでも命に関わる事故に繋がる場合もある。

樹木にも注意が必要だ。

葉が茂っている間はまだいいけれど、落葉すると枝先が見えにくくなる。歩いていて、つい顔や身体に当ててしまい、痛い思いをするのはしょっちゅうだ。これが目にでも刺さろうものなら、大変な怪我になる。サングラスを欠かさないのは、直射日光を避けるためだけではなく、枝先から目を守る必要もあるからだ。

だから樹林帯を抜ける時は、前を歩く人との距離を長めに取るようにしている。大抵の人は枝が跳《は》ね返らないよう気を付けてくれるが、人によっては気にせず突き進んでゆく。すぐ後ろを歩いていると、跳ね返った枝が顔面直撃、ということにもなりかねない。

そう言えば去年、うちの山岳会が奥穂高に向かった時（私は欠席）、若手エースのディーン園原さんのすぐ後ろに大きな枝（幹と呼べるほどの太さ）が落ちて来たそうだ。もし直撃されていたら大変なことになっていたはずだ。大事に至らなくてよかった。

落石もしかり。

前掛山を登っていた時「落《らく》！」との声が掛かり、顔を上げると、一〇メートルほど先に直径三〇センチくらいの石が落ちて来た。その時は、たぶんすぐ上から落ちたのだろう、ごろんごろんという感じで、比較的ゆっくりだった。けれども、もっと高いところから落ちて来る石は勢いがついて、時速数十キロにもなるという。ヒューーッと風を切る音をたてる、とも聞く。雪渓では音もなく飛んで来る。そんなものに直撃されたら命が危うい。

「ここから先は落石が多いから注意しろ」

登山の途中、よく言われる。しかし落石はどこで起きるかわからない。上を見ていればいいのだろうか。でも、そんな猛スピードの落石を素早く避けられるだろうか。落石に遭うのは運不運みたいなものだろうか。

どんな対処法があるのかと尋ねると、答えはこうだった。

「とにかく危険なところは早く通り抜ける」

ああ、なるほど、それがいちばんの対処法になるようだ。

落ちて来るのは、何も石ばかりじゃない。時には、水筒やペットボトル（上を登る人の手が滑ったか、ポケットから抜け落ちた）、ストック（たぶん手首に紐を掛けてなかった）、スマホにカメラ（記念撮影中だったのだろう）、時には、ザック丸ごと（休憩時に下ろしていた）もある。油断は禁物だ。

三年ほど前、赤岳の地蔵尾根を登っていた時、急勾配の岩場に取り付けられた梯子を下りて来るおじさんがいた。大丈夫かなぁと思った。人のことを言えた義理じゃないが、完全に腰が退けている。その姿を梯子の下から眺めていた。

「そんなところに立っているんじゃない。脇に逸れろ」

言われて、ようやく気が付いた。確かに、もしかするともしかするかもしれない。そうなった時、真下にいたら巻き添えになってしまう。落ちて来るのは石やモノだけじゃない。

慌てて移動した。

それでも事故に遭ったら

登山事故のリスクはいつも頭に入れておかなければならない。それがわかって山岳保険に入った。

遭難の捜索、救助に備えてのレスキュー費用保険だ。年間四千円の掛け金で三百万円の保障がある。これで遭難時の民間ヘリコプターを飛ばす費用が賄《まかな》えるという。警察の山岳警備隊や消防の山岳救助隊のヘリであれば無料だけれど、状況によって必ずしも頼めるとは限らないからだ。

ここで知り合いの東京在住のご夫婦の話をしよう。

ふたりは北アルプスに行ったのだが、そこでご主人が足首を骨折してしまった。自力での下山は不可能というので、長野県警の山岳遭難救助隊に救助を要請した。じきにヘリコプターが到着し、それはとても有難かったのだが、ヘリに乗れるのはご主人だけで、奥さんはその場に残された。奥さんはまだあまり登山経験はなくて、どんなに心細かったか。何とかひとりでテントを片付け、ご主人の残した荷物も背負って、やっとの思いで下山したという。

それだけでもさぞかし大変だったろうと想像がつくが、その後、地元警察署で事情聴取があり、東京から何度も出掛けて手続きに追われたそうだ。今はどのようなシステムになっているか詳しくはわからないが、税金を使っての救助なのだから、それは仕方ないだろう。

山岳警備隊及び救助隊は頼もしい。ヘリで救助ができないところでは背負ったり、タンカに乗せて、ロープを繋いで確保しながら下山する。その活躍と姿勢には心打たれる。何と心強い存在か。だからこそ、お世話にならないようにしなければと思う。

もうひとつ、これは山小屋のご主人から聞いた話を。

ヘリで救出する場合、ホバリング（空中停止）して遭難者を吊り上げる。その時、ヘリのバランスを取るために、遭難者の体重を聞くそうだ。ある時、遭難した女性が「五十キロ」と言った。しかし、どう考えてもプラス二十キロはありそうだ。しかし女性は頑として譲らない。吊り上げると、案の定、ヘリは大きく傾いたという。

女心としてわからないでもないが、もしもの時は、どんなに恥ずかしくても正直に伝えるようにしよう。

今は事故があった時、携帯やスマホで救助要請をすればいい。でも、昔は違っていた。うちの山岳会のオブザーバーである元山学同志会の深田師匠に尋ねてみた。

「登山中に怪我をして動けなくなったら、どう対処するんですか」

「昔の山屋は、他のパーティの力を借りて下山するなんて恥だと思っていたからね。どんなことがあっても、そのパーティで責任を持って下ろす。もし単独だったら、たとえ骨折しても自力で下山した」

骨折しても自力で下山、なんて想像もできないが、当時は救助用のヘリを飛ばせる時代ではなかったから仕方なかったのだろう。下手をすれば助からなかった可能性もあったはずだ。

その頃は、民間や警察に山岳救助隊はなく、社会人山岳会がその代わりをしていた。情報が入れば、すぐさま救助に向かう。師匠もワンシーズンで何度かそういう場面に立ち会ったそうだ。自分たちの登攀が中止になっても救助が優先。時には、遺体を岩壁からロープを使って下ろし、シュラフ・カバーで包んで担いで下りることもあった。それが山のルールだった。

時折「登山なんて所詮は遊び。自己責任なんだから、生きようが死のうが自分の勝手だ」という意見を聞く。「事故になったからといって、警察のヘリコプターを使うなんて税金の無駄遣いだ」とも。

それは極端な主張だと思うが、登山者の中には「ちゃんと税金を払っているのだから、救助に来て当然だ」と主張する人もいて、それはそれで考えさせられる。時には「民間へリはお金が必要だから呼ばないが、警察ヘリはタダだから呼ぶ」と、大した怪我でもないのに、まるでタクシー代わりに使おうとする輩《やから》もいるという。

当然だが、登山者の大多数は真っ当な認識を持っている。ただ、そんな話を聞くたび、自己責任の意味と覚悟を忘れないようにしなければと改めて思うのだ。

以前、テレビで警察の山岳救助のドキュメント番組を観た。北アルプスで、単独行の女性が足を怪我して歩けなくなった。そこで救助を要請し、警察の救助隊が駆けつけた。救急処置をした後、その女性を背負って隊員が下山する。女性は泣きながら「ご迷惑をお掛けしてすみません。何度も登っているのに情けない……」と、繰り返し謝っていた。背負っている隊員は「いいんですよ、大丈夫ですよ、安心して私たちに任せてください」と、優しく返していた。

観ていて、胸が熱くなった。その女性だって、きっと日頃のトレーニングを怠らず、装備も万全にして登山を楽しんでいたのだろう。それでもちょっとしたミスで怪我をすることがある。そうなれば最後は救助に頼るしかない。

情けない、と思う女性の気持ちはよくわかる。怪我も痛いが、さぞかし心も痛かったろう。

そんな女性に優しく対応する救助隊員の方々に心から頭が下がった。

14　山も、そして人も、いろんな顔を持っている

もうすっかり馴染みとなった黒斑山だが、ここのところ辛い登山が続いていた。楽しむよりも、訓練優先の登山ばかりだからだ。ルートにポイントとなる地点があって「今日はそこまで一時間十分で登る」との目標が与えられる。遅れないようひたすら足を運ぶだけなので、景色を楽しむ余裕もない。もう何十回と登っているから、今更景色に見入るということもないのだけれど、やはり「今日は富士山がよく見えるなぁ」くらいの感慨には浸りたい。

「今のままじゃ、穂高も劔岳も登れないぞ」

リーダーの言い分もわかる。いつも出掛ける山だからこそ、スピードを上げ、精一杯しんどい思いをして、身体を鍛えなければならない。

それはわかるんだけど、たまにはゆったりと……。

そんなことをぶつぶつ言っていたら、ベティ菊地さんが、金時山《きんときやま》ツアーを企画してくれた。

金時山は標高一二一二メートル。箱根山《はこねやま》の北西部に位置し、童謡や童話「金太郎《きんたろう》」の生地としてよく知られている。山頂からの景色が素晴らしく、富士山が目の前に迫る。ロマンスカーで箱根湯本《ゆもと》まで行けるというのも魅力だ。久しく乗っていないし、箱根に行くのだって何年振りだろう。

企画はこうだ。

「のんびり登って、参加者はそれぞれ自慢の食べ物を持参し、山頂で食べよう登山です。私は、バゲットとそれに挟むもの（パテとかトリュフバターとか）を持っていきます。あとは、金時茶屋でいろいろ買って食べましょう。帰りは、日帰り温泉に寄って、その後、宴会です」

そうそう、こういう登山をしたかったの。

と、わくわく気分で楽しみにしていた。

ところが、近づくに従ってだんだん天気予報が怪しくなってきた。今はインターネットで山の天気の状況を知ることができる。何とか保《も》ってくれますように、との願いも空しく、その日は曇りのち雨の予報が……。結局、二日前に、中止が決定した。

そこで、私は思い出した。

ベティ菊地さんが雨女だったということを――。

本人にしたら理不尽としか言いようがないだろうが、確かに雨女、雨男はいるように思う。

ベティ菊地さんがそのひとりで、結構な確率で降られる。本人から聞いたところによると、

「初めての白馬岳《しろうまだけ》が雨でした。燕岳《つばくろだけ》に行った時も、北海道の利尻山《りしりざん》も雨でした。その時は雨などという生易しいものではなく、かるく嵐でした。十月半ばに登った妙高《みようこう》の火打山《ひうちやま》では思いがけず初雪が積もり、富士山もなかなかの雨でしたよね。そうそう、去年の秋の白馬大池《しろうまおおいけ》も、初日は雨でした……」

とのことである。

「だから、雨が降ってもそんなにがっかりしない耐性がついています」

確かに、天候が悪くても彼女はいつも文句ひとつ言わない。富士山の時も、私などすぐに「あーあ、ついてない」と愚痴るのだが、ベティ菊地さんはいつも「山はこんなものですから」と、飄々《ひようひよう》としている。この達観した考え方はぜひとも見習わなくてはと思っている。

実は、我が山岳会にはもうひとり雨男がいる。ディーン園原さんだ。

彼はいろんな山で雨に降られているが、八ヶ岳に向かった時もそうだった。三度行って、二度断念している。出発前に雨の予報で中止になるならまだしも、ずっと晴れていたのに、

赤岳鉱泉に到着した夜から天気が崩れて諦めることになるのだから、かなり悲しいはずだ。最近では「ディーン園原が参加する時は雨対策を完璧にすべし」とお触れが回るようになった。

三回目で赤岳天望荘まで行けた時、喜ぶ彼に向かって「俺のおかげだ」と言ったのはノワール馳さんだ。

ノワール馳さんは、確かに晴れ男に違いない。一緒に登ってよくわかる。まったく雨にたたられない、というわけではないが、彼と一緒だと、きついところに差し掛かった時にふいに雨がやんだり、頂上に着いたとたん雲が切れて青空が覗いたり、時には雨空なのに虹がかかったりする。三年ほど前、ノワール馳さんが中秋の名月を撮影しに常念岳《じょうねんだけ》の縦走に出掛けた時も、三日間、雲ひとつない晴天だった。北アルプスではあり得ない好天だったそうだ。これはもう晴れ男に認定するしかないだろう。

この雨女、雨男は、時に仕事にも影響するようだ。

とある女性ガイドは、ツアーに出るとよく雨に降られるので、あまり声がかからなくなったとぼやいていた。知り合いのアウトドア・ライターは、彼がロケに出掛ける時はいつも天気がよいので、原稿の出来はさておき「晴れ男だから、あいつに任せよう」と、仕事がよく入るという。

天気ばかりは、本人がどうすることもできない。そのレッテルは気の毒としか言いようがないが、山ではどんなに天候に恵まれても、人生はいつもどしゃぶり、という人もいるわけだから、いいのか悪いのか判断するのは難しい。

雨の登山は辛いけれど、どんなに晴天でも、登りたくない季節がある。

それは、春が来て木々は芽吹き始め、日中は太陽が暖かだけれども雪はまだ残っている、という残雪期だ。

その頃、山は夏山とも冬山とも違う顔を持っている。もしかしたら、却《かえ》って気持ちいいのではないかと想像する方もいらっしゃるかもしれないが、そんな呑気《のんき》な心積もりでいたらたちまち後悔することになる。標高や地域によって状況は違うが、日中に融けた雪が夜になって凍結し、表面がツルッツルになり、何気なく足を乗せてひやっとする。雪が氷と化し、アイゼンが刺さらないのだ。

気温の低さでいうなら、厳冬期の冬山の方が厳しいに決まっている。けれども意外と雪が締まっていて、アイゼンがよく効き、スムーズに登れたりする。けれども春山は違う。

この「アイゼンが効かない」という状況に遭遇した時くらい緊張することはない。私も何度か経験したが、無防備に氷の斜面に足を乗せて固まってしまった。動けない。次の足を出せば必ず転倒する。転倒だけならまだしも斜面を滑落してしまう。それがリアルに想像できる。だから、いつも目を凝らして雪面《せつめん》を確認するようにしている。

それでも、どうしてもその状況の斜面を通らなければならない時は、凍った雪面をアイゼンの前の二本の爪で蹴り込んだり、ピッケルを使って氷を砕いて足場を作る。ただ、一歩ごとにそれを繰り返さなければならないので、ラッセル同様、かなりきつい。ピッケルの場合、腕の筋肉は細いので疲労も増すし、私ぐらいのレベルではすぐバテてしまう。

まさにそんな時期、我が山岳会が南八ヶ岳への山行を決定した。装備は厳冬期と同じ。上級レベルなので、さすがに私は諦めた。参加したのはノワール馳さん、シューマン鈴木さん、ディーン園原さん、そしてリーダーの四人。

晴れ男のノワール馳さんのおかげで二日間快晴となったが、登山そのものはやはりかなり厳しかったようだ。どんなに怖かったか、どんなにきつかったか、帰って来てからみんな散々語っていた。でも、その顔を見ると満面の笑みだ。「怖い」も「きつい」も、無事に下山すればみんな「楽しい」に変化する。それらは同義語なのだと改めて理解した。

では春も深まり、残雪があるにしてももう気温は氷点下にならず、凍結しなくなった頃になれば登りやすくなるかというと、それはそれで厄介《やっかい》だ。融けかけた雪（腐った雪）がアイゼンの爪に挟まり、ダンゴ状になってしまう。歩きながらそれをピッケルで剝《は》がすでないと、アイゼンが効かなくなってしまう。また、雪の残っている日陰と、すっかり消えてしまった日向のルートが交互に現れる場所では、アイゼンを付けていると邪魔になり、はずしてしまうとやっぱり滑るので、面倒だがアイゼンの脱着を繰り返して登らなければならない。

場所によっては、融けた雪と土がぐちゃぐちゃになっていて、靴もズボンの裾も泥まみれになる。帰ってからの洗濯や、装備の手入れを考えると、やはり春の残雪期はつい足が遠のいてしまう。

それを思うと、やはり登山は夏シーズンに限る。

重いアイゼンやピッケル、防寒具を携帯する必要はないし、ザックも気持ちも軽くなる。けれども、これも最高というわけにはいかないのが登山の難儀なところだ。

八ヶ岳の帰り、美濃戸でアブの大群に出くわしたことがある。あれは強烈だった。アブにはいろんな山で遭ったが、その時はレベルが違って、何百匹どころか、何千匹ものアブが飛び回り、登山者たちにまとわりついた。いや、襲われるという表現の方が正しい。みんな必死に振り払うのだが、とてもおいつかない。車に逃げ込んでも、何匹ものアブが一緒に紛れ込んで来て、退治するのに苦労した。長袖シャツ、長ズボン、手袋をしていたけれど、二カ所、しっかり咬《か》まれてしまった。これが結構痒《かゆ》くて、腫《は》れもなかなか引かなかった。

ダニは、私は経験したことはないけれど、藪《やぶ》こぎ（藪の中を掻き分けながら進む）の時、襲われることがあるという。だから決して肌を露出して入ってはいけない。藪こぎを済ませた後は、上着を脱ぎ、バタバタ振って、しっかり払い落とすこと。ズボンは脱げないけれど、くっついていないか、よく確認することが必要だ。

ダニはうちの周りにも生息している。犬がいた頃、散歩を終えるとマダニがくっついていないか確認するのが一仕事だった。奴らは、素早く犬の毛に取り付き、身体の柔らかいところへと移動してゆく。一度、気づかずにいたら、ダニが犬の目元にくっついて、大きく膨らんでしまった。体長は二、三ミリほどだが、血を吸ってその五倍くらいに肥大する。取ろうとしても簡単には取れない。マダニを引き剝がす用具を使って、何とか取れたものの、犬の目元に付いた痕《あと》はなかなか消えなかった。

マダニは病原菌を持っていて、時に、人間に深刻なダメージを与えるという。無理やり引き抜くと、マダニの牙《きば》が残ってしまうので要注意。肌に傷が残るだけでなく、マダニの体液が身体に流れ込んでしまう。マダニを取る時は、頭の部分をちぎらないように皮膚から剝がす。酢やハッカ油が効くらしく、液を綿棒に含んでちょんちょんと突っつくと取れると聞いた。

そして、山ビル。

名前を耳にしただけで、気持ち悪くなってしまう。落ち葉の陰や木の上にいて、動物や人間が通ると、取り付いたり落ちたりしてくっつき、素早く移動して肌に張り付き、血を吸う。痛みはほとんどないらしいが、出血はある。毒はないとはいえ、そんなものになど絶対に張り付かれたくない。

塩で退治できるとのことなので、予《あらかじ》めスパッツに塩水を掛けておくと、足元にいる山ビルは上がってこない。落ちてくる山ビルに対しては、帽子に掛けておいてもいいだろう。見た目も似ているナメクジ駆除と同じ方法のようだ。

私は山登りを始めて七年ぐらいだけれど、ダニと山ビルにはまだ一度も遭ったことはないので、頻発するわけではなさそうだ。ただ防止策、対処法は調べておいた方がいい。

山に入れば、そりゃあいろんな虫がいる。動物だっている。触れてかぶれる植物も生えている。怖かったり、気持ち悪かったり、痛かったり、痒かったりするけれど、自然の中に足を踏み入れるとはそういうことなのだろう。

15　田部井淳子さんの存在

気が付くと、私はこの先どんなふうに小説と向き合ってゆけばいいのかわからなくなっていた。

この世界に入ってから無我夢中で突っ走って来た。幸運にも今まで何とか書き続けられたが、これから先はどうなるかわからない。この世界に年功序列はない。実力だけがものを言う。

一時期、恋愛小説家と呼ばれたりもしたが、年齢を重ねてだんだん書くのが辛くなっていた。嫌なんじゃない。恋愛に年齢は関係ない。人は幾つになっても誰かに恋をし、人を愛する。恋愛は小説の永遠のテーマだ。

ただストーリーを考えても、前に書いたものの焼き直しに感じたり、すでにどこかで読んだような、もしくは観たような気がしてしまう。若い作家たちの作品に触れるたび、その瑞々しい表現力や斬新なアイデアの素晴らしさに圧倒されて、もう私なんかお呼びじゃないと思えてしまう。

量産もできなくなった。若い頃はそれこそ月に二本も三本も連載を持ち、エッセイやコラムも書いていた。毎日仕事に追われることに充実感を覚えた時期もあった。けれども、さすがにそんな生活にも少し疲れてしまった。もう勢いと力業で書き上げる時期は終わったのだと認めざるを得なかった。

もちろんすべての作家がそうなるわけではない。知り合いの同年代の女性作家は「書きたいことがたくさんあって、死ぬまでに書き終えられそうにない」と、更に精力的に書き続けている。まったく羨ましい。

が、私には無理だ。これからは何作も同時進行で書くのはやめよう、一作に絞ってじっくり向き合っていこう、と決めた。

そんな頃、新聞連載の依頼が来た。

久しぶりの新聞連載である。何を題材にすればいいだろうと頭を巡らせた。

私は、媒体によって物語を変える。小説誌は別だけれど、たとえば連載するのが四十代がターゲットの女性誌なら、その年代の人を主人公にしたい。男性読者が多い週刊誌なら、男性に興味を持ってもらえる小説を書きたい。

新聞となれば、老若男女幅広い方々の目に触れる。たくさんの方々に目を留めてもらえるような小説にするにはどうしたらいいだろう。

そんな中で、ひとりの女性の人生を追いたいと思うようになっていた。

実は前々からその願望は持っていた。けれどもなかなか実行できずにいた。誰を取り上げればいいのかわからなかったからだ。

その時、頭に浮かんだのが田部井淳子さんである。

一九七五年、女性登山家として世界で初めてエベレスト登頂を果たした田部井さん。男の世界だった登山界で素晴らしい功績を残していらっしゃる。その登攀パーティが女性だけで構成されているのにも心惹かれた。女の世界、というだけでどんどん想像が膨らんでゆく。

エベレスト初登頂の後も、女性初・七大陸最高峰登頂を含め、初登頂、初登攀の記録を数多く重ねられている。その功績により、国内外の勲章、栄誉賞、功労賞などの受章（賞）歴も数知れない。活動は登山だけにはとどまらず、第二の故郷であるネパールでのゴミ焼却炉の建設や、リンゴの植樹などを始め、世界の山岳環境保護問題に深く関わられて来た。また、東日本大震災に遭った東北の高校生たちを「日本一高い富士山の山頂に立たせてあげたい」との思いで、イベントを続けられている。もちろん、現役の登山家として、世界中の山をバリバリ登っていらっしゃる。

まったくレベルは違うが、私も山に登り始め、その魅力を知るようになった。

田部井さんの半生を書くことができたら――。

しかし、そのような方に小説のモデルになって欲しいと申し出るのは失礼ではないか。

ましてやノンフィクションではなくフィクションで書こうというのだ。小説となれば虚実ないまぜになる。自分の人生を他人に勝手にあれこれ脚色されるのはいい気分ではないはずだ。

どうしよう。

そんな思いをリーダーに話すと「だったら深田さんに相談してみれば」と言った。深田さんは小西政継さんが書かれた本にもよく登場している。ノンフィクションではあるけれど、自分が書かれることをどう思うのか聞いてみればいい、と言うのである。

それで、深田さんに会って尋ねてみた。答えはこうだった。

「人によってそれぞれだからね。やっぱり本人に聞くのがいちばんだよ」

深田さんは田部井さんと知り合いだったのである。

更に聞くと、田部井さんのエベレスト登頂の際にもネパールで会っているという。ご主人とも古い付き合いだそうだ。田部井さんの実績は素晴らしいが、ご主人の山歴も輝かしい。谷川岳にご自分の名がついているルートを持っているほどの実力者だ。

深田さんの力強いバックアップを得て、編集者ともども田部井さんとお会いするチャンスを得ることができた。

初めてお会いした時はびっくりした。想像していた以上に小柄な方だったからだ。こんな小さな身体で、世界一高いエベレストに登られたのかと、俄《にわ》かには信じられなかった。

しかも「あらあら、いらっしゃい」と、笑顔で気さくに声をかけてくれる姿は、私の抱いていたタフで男勝りというイメージとはだいぶ違っていた。世界記録を持つ登山家というよりも、故郷の気さくなおかあさんといった雰囲気だった。

それでも、私の申し出をどう思われるだろう、という緊張は消えなかった。

田部井さんをモデルに小説を書かせてもらえませんか。

おずおず話を切り出すと、田部井さんは戸惑われたようにしばらく目を丸くされた。断られる覚悟はできていた。ほんの少し登山を齧った程度の私が、こんな頼み事などするなんて不躾《ぶしつけ》としか言いようがない。

諦めていたので、後日「どんな淳子になるのか、私も楽しませてもらいます」と、連絡をいただいた時はどんなに嬉しかったろう。

そして私は田部井淳子さんの半生を描く小説『淳子のてっぺん』を書くことになった。

驚くことに、今、エベレストには年間数百人もが登頂を果たしている。

公募ツアーがあって、専門のガイドや手続きなどの準備も、旅行会社がすべてセッティングしてくれる。もちろん、八八四八メートルは、誰もが登れる山でないことはわかっている。高度障害と戦わなければならないし、登攀技術も必要だ。しかし、ほとんど情報がなかった田部井さんの時代と比べると、エベレストの山頂が格段に近い存在になったのは確かだ。

四十三年前、田部井さんたちの登山隊が登った時は、一シーズンに一組しか入山が許されなかった。何年もかけて計画を練り、登山の許可が下りるまで何年も待つ。許可が下りたら、メンバーを集め、遠征のための手続きを踏み、装備や食料を準備し、長いキャラバンを経て、足跡ひとつないルートを拓《ひら》きながら頂上に立ったのである。

装備もまったく違っていた。軽量コンパクトで機能的な今とは較べ物にならないほど、重くて大きくて、頼りなく、使い勝手も悪かった。酸素ボンベひとつとってみても、重量は今の約二倍、一本七・五キロもあったという。それを二本ザックに入れて登るのだ。それが田部井さんの時代では当たり前だった。

今のエベレストをどう思いますか、と尋ねた時、

「頂上から見るあの素晴らしい風景を、多くの人が見られるのは喜ばしいこと」と、仰《おつしや》った。それから「でもね、あの時代に登れたのは幸運だったと思うのよ。何もないから、何もかも自分たちでやった。その充実感、達成感は、あの時代でしか味わえない。もう、したくてもできない山行だもの」と、続けられた。

頂上に立つ。山に登るということは、それが大きな目標になるに違いない。けれども、田部井さんの話を聞いていると、それだけではないのだとわかってくる。そこに到達するまでのさまざまな過程もまた、喜びのひとつであり、意味があるのである。

田部井さんとは、その後も何度かお会いするチャンスに恵まれた。ご主人が同席してくださったこともあった。娘さん、息子さんともお会いした。

二〇一六年の七月、講演のために軽井沢にいらした田部井さんと、夕食をご一緒した時のことは貴重な思い出だ。病気のために少し痩《や》せられてはいたが、いつもの穏やかな笑みに変わりなかった。

すでに小説は後半に入っていて、エベレスト登攀に向かってキャラバンを続けるシーンを書いていた。実はその時、私はどうしても聞きたいことがあった。

途中、隊長が突然帰国してしまう事件である。

これは当時、大きなニュースになった。新聞にも週刊誌にも記事が載った。その理由が知りたくて、連載担当の学芸通信社《がくげいつうしんしゃ》・坂野《さかの》さんの力を借り、さまざまな資料を取り寄せてもらったが、なぜ帰国したのかは「個人的理由」以外、何もわからないままだった。だからといって、書き手としてこの重要な事件をスルーしてしまえるわけがない。どうしても田部井さんに聞きたかった。

その話を切り出すと、田部井さんは少し困ったように表情を曇らせた。

「ごめんなさいね、それは言えないの。お墓の中まで持ってゆくと隊長と約束したから」

落胆がなかったとは言わない。けれどもそれ以上に、田部井さんの筋の通し方に感動していた。四十年以上経った今も、約束はたがえない。その姿勢に惚れ惚れした。

「では、そこは想像で書かせてもらっていいでしょうか」

「小説なんだから、そうしていいのよ」

にこやかに仰ってくださった。

そのふた月後には喜寿の会が開かれ、お喋りと歌を披露して会場を沸かせた。伸びやかで力強い歌声が、今も耳に残っている。

亡くなられたのはそのひと月半後だ。七十七歳だった。

最後まで笑顔を絶やさず、周りを慮《おもんぱか》り、力強く生きられた。

今はもう、エベレストの頂上より高いところに行ってしまわれた田部井さん。

そこから何が見えますか。

ご冥福を心からお祈りいたします。

16　エベレスト街道を行く

この目でエベレストを見てみたい。

そう思ったのは、田部井淳子さんから小説化を了承してもらってからすぐだった。

三十年以上小説を書いて来たけれど、実在の人物を書くのは初めてだ。ましてや山岳小説。それくらいのことをしなければ書けないと思った。

でも、その時は思っただけだった。そんな無謀なことができるわけがない。みんなに呆れられるだけだ。

それでも、とりあえず言ってみた。

「こんな私でも、エベレストを見られるところまで登れるかな」

リーダーはヒマラヤの標高六〇〇〇メートルに登った経験がある。一笑に付されるとばかり思っていたら「どこまで行きたいんだ」と真顔で問い返された。

不思議なものである。それまでただの願望だったのが、そう返されたとたん、現実味を帯びていた。

「できるなら五三〇〇メートルにあるベースキャンプを目指したい」

「ベースキャンプか」

少し考えてから、こう続けた。

「そこからだとエベレストは見えない。エベレスト街道をトレッキングし、五五四五メートルにあるカラパタールのピークに登れば望むことができる。行くか？」

「行ける？」

「頑張れば、行ける」

「だったら行く」

こうして、話はまとまった。

参加者は我が山岳会の師匠・深田良一さん、版元編集者のベティ菊地さん、リーダー、そして私の四人である。ところが、そこに手を挙げた人がいた。シューマン鈴木さんだ。

「一生に一度のことだから、ぜひ登りたい」と言うのである。

みんなは引き止めた。それなりに責任あるポジションにいるのだし、十八日間も会社を休むなんて無謀ではないか。帰ってきたら席がなくなっているのではないか。家族も反対するのではないか。

けれどもシューマン鈴木さんの意志は固かった。会社と家族との折衝を進め、ひと月も経たないうちに参加を決めたのである。

これで総勢五人。日程もモンスーンが終わる九月末から十八日間に決まった。

ところが、出発五カ月前の四月二十五日（二〇一五年）、ネパールで大きな地震が起こり、建物の倒壊、雪崩、土砂災害などの甚大な被害が発生した。

諦めるしかないと思った。ネパールが大変な状況下に、呑気にトレッキングなどしている場合ではない。けれども、ツアーに同行してくれる女性ガイドIさんからこんな知らせを受けた。

「このような状況だけれど、ネパール側は中止しないでぜひ来て欲しいと言っている」

ネパールは観光の国でもある。この地震で多くのツアーが取り止めになり、そのダメージも大きいとのことだった。そうだ、東日本大震災の時も同じ状況だった。

五人で話し合った結果、それなら行かせてもらおうという結論に至った。もし地震の影響で、トレッキングの途中で引き返すことになったとしても仕方ない。ネパールという国を身近に感じるだけでもきっと大きな収穫になるはずだ。

出発が決まると、すぐにトレーニングを命じられた。

「週に一度は必ず浅間山に登ること。毎日三十分の筋力トレーニングを二セットすること」

技術も知識もない私にできるのは、とにかく体力を付けることだ。その命《めい》を忠実に守り、それからせっせと浅間山に登り、腹筋や腕立て伏せに勤《いそ》しんだ。

山岳医のいる病院で健康診断も受けた。とりあえず問題なしで安心したが、メンバーの中で私がいちばん肺活量が少ないとわかり、その夜から、風船を膨らますのを二十回、という地味なトレーニングも追加した。

東京組の、ベティ菊地さんはジムに通い、シューマン鈴木さんはザックに十キロ以上の荷物を詰めて歩き始めた。ふたりは低酸素室に入って高所体験もした。夏には高度順応のために全員で富士山に登った。みんな、よく頑張ったと思う。

出発ふた月前になって、ツアー会社から装備リストが手渡された。いよいよその日が近づいて来たと思うと心が逸った。装備は、基本的に夏用と冬用の両方が必要になる。それだけでも大荷物だが、トレッキングが始まってから十二日間はお風呂には入れない。かつ洗濯する余裕もなさそうなので、とにかく着替えの枚数が必要になる。ザックとは別に、一〇〇リットルの収納力があるダッフルバッグを用意した。

気分は盛り上がる一方だ。もうすぐエベレストをこの目で見られる。そう思って、わくわくしながら荷物の準備に精を出した。


そして、とうとう出発の日がやって来た。

夜の便だったのだが、ちょうどその日はスーパームーンで、飛行機の窓から大きな月が望めた。羽田《はねだ》空港からネパールの首都カトマンズまで、バンコクでのトランジットを含め、約十三時間。長いことは長いけれど、テンションが上がっているせいで、少しも退屈しなかった。

カトマンズに到着し、スパイスに似た異国の匂いに包まれながら、迎えのバスでホテルに向かった。地震の影響は確かにあって、崩れた建物や寺院が目に付いた。旅行者の感想でしかないが、それでも町の人たちはとてもエネルギッシュに映った。

実はその日、楽しみな会が催されることになっていた。

未踏のアピ南西壁（七一三二メートル）に臨もうとしている、登山家でもあり山岳カメラマンでもある平出和也《ひらいでかずや》さん、中島健郎《なかじまけんろう》さん、三戸呂拓也《みとろたくや》さんと夕食を共にする予定があったからだ。彼らの実績は素晴らしい。世界の大きな賞を受け、ＮＨＫの登山番組や『世界の果てまでイッテＱ！』でもスタッフとして活躍している。どんな話が聞けるのか興味津々《きょうみしんしん》だった。

ところが夕方が近づいて来るに従って、リーダーの体調が悪くなって来た。咳《せき》が止まらず、どうやら熱もあるらしい。

「悪いが、俺はホテルに残る」

そこまで言うのはよほどのことだろう。今まで、どんな山でも体調を崩したことなど一度もないのに、いったい何が起こったのか。

予定はキャンセルした。リーダーはそのままベッドに潜り込んだ。しかし、やはり咳は止まらず、熱も下がらない。明日の早朝、トレッキング開始の地となるルクラへ向かわなければならない。こんな状態で行けるだろうか。

そうこうしているうちに、メンバーたちが夕食を終えて帰って来た。とても楽しかったらしく満面の笑みだ。ガイドのIさんが咳止めの薬を持って来てくれた。普段、薬類をまったく飲まないリーダーは、「明日までには何とかなる」と強がっていたが、Iさんから「とにかく飲んでください」と強く言われ、しぶしぶ口にした。

これが、効果てきめんだった。普段薬を飲まない分、劇的に効いたらしい。翌日にはすっかり元気を取り戻していた。後から聞いた話だが、もし回復しなかったら、翌日、パーティに迷惑がかからないようひとりで日本に帰るつもりだったらしい。

とにかく、これで全員揃ってトレッキングを始められることになってホッとした。

出発地のルクラは標高二八四〇メートルにある。翌朝早く、小型飛行機に乗った。

飛行機の窓からはヒマラヤの山脈が見てとれた。とてつもなく大きく、遥か彼方《かなた》まで続いている。この地球上で、七〇〇〇メートル以上の山があるのはこの地域だけだ。他のどこにもないというのだから、まったく奇跡としか言いようがない。

「あれがエベレストです」

ガイドのIさんが指差す方向に目を向けた。

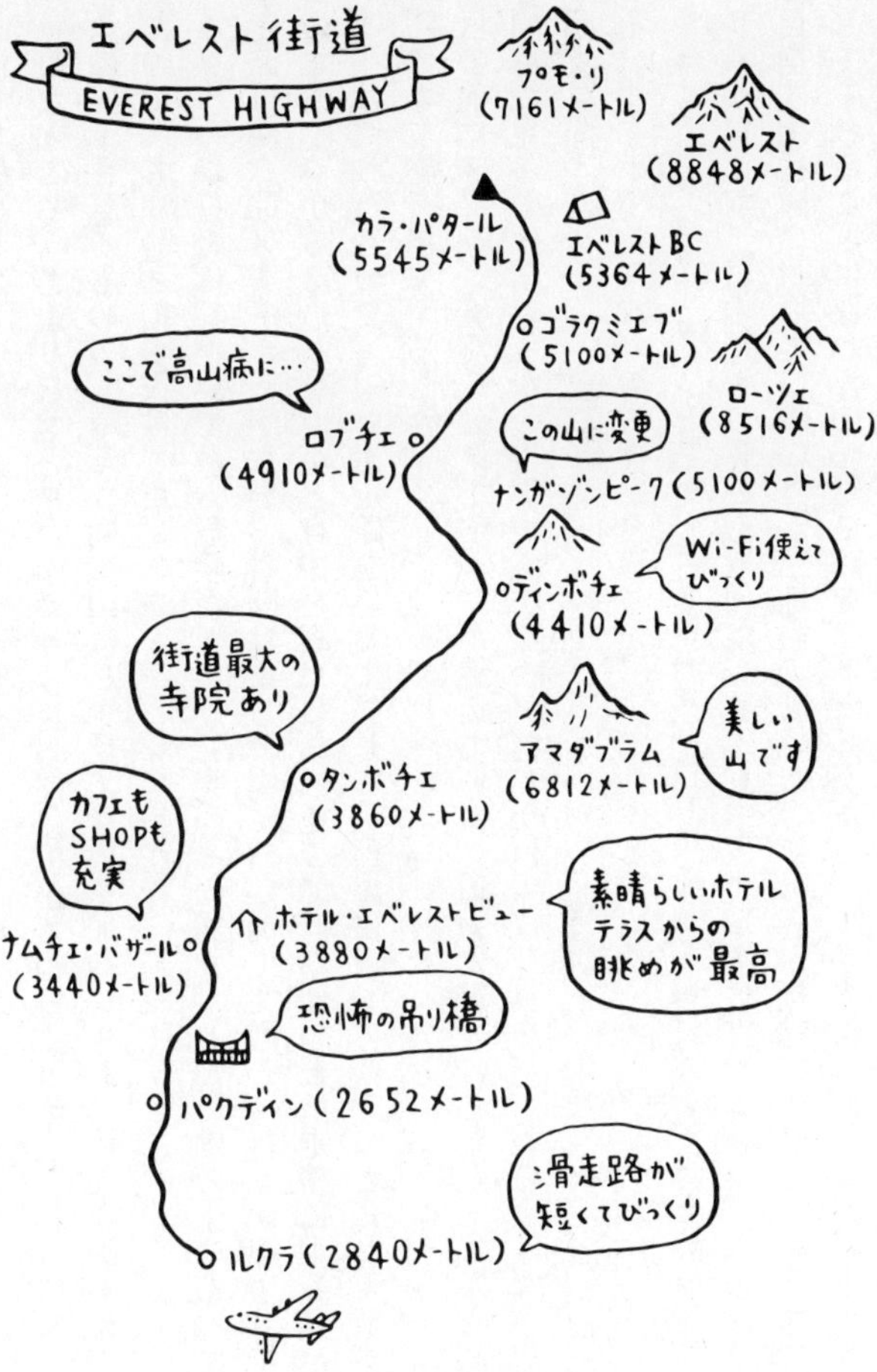

エベレスト街道
EVEREST HIGHWAY
プモ・リ（7161メートル）
エベレスト（8848メートル）
カラ・パタール（5545メートル）
エベレストBC（5364メートル）
ゴラクミエプ（5100メートル）
ここで高山病に…
ローツェ（8516メートル）
ロブチェ（4910メートル）
この山に変更
ナンガゾンピーク（5100メートル）
Wi-Fi使えてびっくり
ディンボチェ（4410メートル）
街道最大の寺院あり
アマダブラム（6812メートル）
美しい山です
タンボチェ（3860メートル）
カフェもSHOPも充実
ホテル・エベレストビュー（3880メートル）
素晴らしいホテルテラスからの眺めが最高
ナムチェ・バザール（3440メートル）
恐怖の吊り橋
パクディン（2652メートル）
滑走路が短くてびっくり
ルクラ（2840メートル）

「あれですか……」

正直なところ、あまりピンと来なかった。目の前に広がるのはすべて急峻《きゅうしゅん》な山々で、それに圧倒されるものの、みんな同じ山にしか見えない。エベレストは特別な山と思っていたので、ちょっと拍子抜けした。

ルクラの飛行場は、世界で最も危険だという。実際その通りだった。崖の上にあって、滑走路は四六〇メートルしかない。着陸はまるで崖に向かって突進して行くかのようで、このままぶつかるんじゃないかと身体を固くした。そこで、ひょいと滑走路に乗る。パイロットは慣れたもので、短い滑走路を急カーブして駐機場に入ってゆく。とにかく無事に着陸できて胸を撫《な》で下ろした。

目の前にヌプラ（五八八五メートル）が聳《そび》えている。迫力に驚きはしたが、こんな高山を間近で見るのは初めてなので現実感がない。何だか巨大な写真を見ているような不思議な感覚に陥った。

そのルクラでシェルパの方々と合流した。

シェルパ頭《がしら》はサーダーと呼ばれ、私たちに同行してくれるのはオンジュという若くハンサムな青年だ。日本語もＯＫ。もう何度もエベレストの頂上に立っていて、本来は頂上を目指す山岳隊に付いているのだが、地震のせいで今年は隊が極端に少なく、私たちに同行してくれることになったのだ。これを幸運と呼んだらバチが当たるだろうか。とても心強い。サブにふたりのシェルパ。彼らも息子のように若く、気持ちのいい青年たちだ。そしてコックとキッチンボーイたち。彼らは毎日三食、すべての食事を用意してくれる。そこにポーターたちを合わせて、総勢九人。あとは荷物を運ぶゾッキョが六頭である。

これから約十二日間、彼らと行動を共にする。

その日のうちに次の宿泊地となるパクディンに向かった。

山道を上ったり下ったり、また道は細かったり広かったり。けれども木々に囲まれて、のんびり歩ける。時折、崩れた斜面や家屋の整備が行われていた。それが地震によるものかはわからないが、もしそうだとしたら復興は順調に進んでいるようだ。

途中、田部井さんが三十数年前に作られたゴミ焼却場とリンゴの植樹地に寄った。ゴミについてはエベレストでも大きな問題となっている。ルクラから先の移動手段は人力しかないので、ゴミを下ろすのもすべて人の手による。私たちもゴミを出さないよう気を付けなければと改めて思う。

ドゥードゥコシ、通称ミルク川を渡って、最初の宿泊地パクディンに到着した。行程は約三時間。ここは標高がルクラより二〇〇メートルほど低くなる。

ロッジの部屋に入ってザックを下ろすと、すぐにキッチンボーイが甘いティとクッキー、洗面器に入ったお湯を運んでくれた。

お風呂はないし、シャンプーもできないので、お湯にタオルを浸して絞り、顔と身体と髪を拭いた。空気が乾燥しているので、汗でべたべたすることもなく、それだけでさっぱりする。

その日から血中酸素濃度の測定が始まった。これは日に三度必ず行われる。基本的に九〇以上あればOKで、まず全員クリア。

その夜、夕食を食べていると、村口徳行《むらぐちのりゆき》さんが顔を出された。村口さんはエベレストに七回登頂されている屈強の登山家であり、山岳カメラマンでもある。経歴があまりにすごくて、書き始めたらページが足りなくなるので省略させていただくが、名の知れたあの方もあの人も、村口さんの力を借りてエベレストに登頂している。そんなすごい登山家を目の前にして、私たちはすっかり緊張してしまった。

そんな村口さんと、にこにこ笑って挨拶を交わしているのは師匠の深田さんだ。深田さんはここでも伝説の登山家だった。私たちのパーティにとって、つまり深田さんは水戸黄《みとこう》門《もん》のような存在なのだった。

その夜は、すぐ側を轟々《ごうごう》と流れる川音が凄まじかったが、気持ちよく眠ることができた。

二日目。朝、キッチンボーイが甘いティとクッキー、そして洗面器に張られたお湯を運んでくれた。お茶を飲んで、クッキーを食べて、顔を洗う。これが一日の始まりだ。

朝食を終えると、必要な荷物だけザックに詰め、あとはダッフルバッグに入れてゾッキョに任せる。

その日は、ナムチェバザール（三四四〇メートル）まで、約八〇〇メートルの標高差を七時間かけて登ってゆく予定となっていた。

標高差の割に時間がかかるのは、その分、上り下りが続くということだ。それだけの距離を完歩できるか不安になったが、シェルパたちがゆっくりリードしてくれるので、息切れもせず、落ち着いて進むことができた。

ただ、途中の吊橋は怖かった。何本か渡らなければならないのだけれど、その中でもミルク川とボーテコシ川の分岐点にある吊橋を見た時は、声が出なかった。

あまりにも高い。あまりにも長い。

これを渡るの……。

高さはたぶん一〇〇メートル以上あるんじゃないかと思う。長さは二〇〇メートルほど。足が竦むなんてものじゃない。渡る前から緊張でめまいがした。足元には鉄板が渡してあり、太いワイヤーで固定され、周りは金網が張られてあって安全とわかっているのだけれど、吹き抜ける風は強く、橋は右に左にと揺れている。

足が前に出ず、立ち尽くしているとサーダーのオンジュが言った。

「渡るなら今です。向こうからゾッキョが来ると擦れ違うのが大変ですから」

それは確かに大変だ。

「歌を歌えば気がまぎれます。とにかく下は見ないで、ひたすら前を向いて渡りましょう」

ここで引き返すわけにはいかない。覚悟を決めて足を前に進めた。下を見るなと言われてもつい目が行ってしまう。言い付けを守って、私はいつもの『時代』を歌いながら足を進めた。とにかく必死だった。

エベレスト街道は、今思い出しても素晴らしいことばかりだが、正直言って、あの吊橋だけは二度と渡りたくないと思っている。

夕方、ナムチェバザールに到着。大きくて賑やかで美しい町だ。宿泊するロッジは「SAKURA」という名前が付いているだけあって、日本人がたくさん利用しているという。オーナーたちも親日家で、多少だけれど日本語も通じ、快く迎え入れてもらった。

ここでは高度順応のため二泊することになっていた。すでに周りは六〇〇〇メートル級の山々が連なっている。シェルパに「あの山は何という名前なの？」と尋ねると「さあ」との答え。これくらいの高さの山は当たり前過ぎて、名前がないというか、あっても誰も覚えていないらしい。

町には土産物屋さんがたくさん並んでいた。カフェやパブもあるし、マッサージ店や美容院もあった。ちょうどバザールが開かれていて、食料品や日用品が売られていた。いったい何に使うのか、さっぱりわからないものもあって、そういうものを見て回るのも楽しい。田部井さんたちの登攀隊も、あの時、ここでいろいろ揃えたはずである。

翌日には見晴台に行った。素晴らしい晴天の中、初めてエベレストを眺めた。遥か彼方に真っ白の頂上がちょっと見えるだけだったが、メンバーから「おお」と歓声が上がった。どんなに小さくても、見えるだけで嬉しい。テンションが上がる。

その後、博物館に寄って昔のシェルパの家や、登山家の資料などを見学してから（田部井さんの写真ももちろん飾ってあった）ロッジに戻った。

その日も、血中酸素濃度はクリア。今日もみんな元気でよかった。

四日目。八時にナムチェバザールを出て、クムジュン村を過ぎ、シャンボチェの丘にある「ホテル・エベレスト・ビュー」へ向かった。

実は今回の山行で、このホテルに泊まるのも大きな楽しみのひとつだった。

富士山より高い三八八〇メートルにあるこのホテルを建築されたのは、宮原巍《みやはらたかし》さんという日本の方だ。創業は一九七一年。私も著書を読ませてもらったが、並大抵の苦労ではなかったのがよくわかる。宮原さんはすでにネパール国籍を取得され、今も現役で活躍していらっしゃる。

素晴らしいホテルだとわかっていたが、この高度だし、建築材料を運ぶにも人力だったというのだから、素晴らしいの意味には、きっといろんな要素が含まれているのだろうと思っていた。

しかし、とんでもない誤解だった。奇跡のホテルの名にふさわしい重厚な石造りで、ロビーも廊下もテラスも凝っている。正直言って、度肝《どぎも》を抜かれた。このホテルに泊まるためだけにネパールに来る人もいるという話も頷ける。部屋は広くてベッドはふかふか。カトマンズ以降、ロッジの固い木のベッドでばかり寝ていたので嬉しい。トイレも水洗。ただお風呂は使えないので、ここでも洗面器に入ったお湯が配られた。

贅沢にも、この大きさで客室はたった十二室しかない。ホテルの名の通り、すべての部屋からエベレストが眺められる作りになっている。

とはいえ、到着した時は霧に包まれ、真っ白の空間が広がっているだけだった。こればかりはどうしようもないので、明日に期待することにした。

陽が沈むと、一気に気温が〇℃近くまで落ちた。エベレストが見られるように部屋はすべて北に面し、また建物全体が石造りなので、底冷えがする。ここで厚めのダウンジャケットとダウンパンツを着込んだ。

夕食はホテルのレストランで、チキンカツが提供された。パーティ付きのコックが作ってくれる食事も悪くはないけれど、そろそろみんな肉に飢えていたので、思わず笑みがこぼれた。宿泊客は私たちのパーティだけだったので、食事の後は大きな円形の暖炉の前で、ゆったり寛《くつろ》いだ。

そして、部屋に戻るとベッドには湯たんぽが……。有難い。

その夜は夢も見ないでぐっすり眠った。

そのせいか、翌朝、早くに目が覚めた。

天気はどうだろう、とすぐにテラスに出た。寒い。息が白くなる。氷点下なのは間違いない。私が一番乗りだったようで、みんなの部屋のカーテンは閉じられたままだ。

外はやはり霧がかかっていた。どうやら今日も山の景色は見えないらしい、と落胆していると、陽が昇るに従って少しずつ霧が晴れてゆくではないか。

そして十分後、目の前は一変していた。ローツェ、ヌプツェ、タムセルク、アマダブラム、そしてエベレスト。七〇〇〇、八〇〇〇メートル級の山々の連なりが目の前に広がった。

圧巻とはこのことだ。今まで、大袈裟過ぎる言葉と思っていたけれど、この風景にそれ以外の言葉は見つからない。

テラスに出て来たメンバーたちも、感嘆の声を上げた。でも、それからは無言。やはり言葉が見つからないのだ。みんな黙って眺め続けた。それほどドラマチックな景観だった。

来てよかった、心からそう思った。

この景色を見られただけでも来た甲斐があった。

その時の私はまだ、これから先に待っている高山病がどんなに手強《てごわ》いか、まったく想像していなかった。


トレッキング五日目。

名残惜しいまま、奇跡のホテル「ホテル・エベレスト・ビュー」を出発して、次の滞在地タンボチェ(三八六〇メートル)に向かった。高度はほとんど変わらないが、標高差約四〇〇メートルを下って、また登るという四時間余りの行程だ。

とにかく晴天続きなのが有難かった。モンスーンがまだ明け切らない微妙な時季で、あまり期待していなかったのだが、こればかりは嬉しい誤算だった。

登山道には、ヤクの落し物がたくさんある。景色に気を取られていると、つい踏んでしまうので足元に注意しながら進んでゆく。糞《ふん》はいたるところに落ちているけれど、時間が経って乾燥してしまったそれは、風に吹かれて砂埃のように舞い上がる。吸い込んでしまうと喉が痛くなるので、バンダナやネックゲイターで口と鼻をしっかりと覆わなければならない。けれども酸素が薄いせいで、長く覆っていると息が苦しくなってしまう。付けたりはずしたりを繰り返した。

とはいえ、糞は決して無用の長物《ちょうぶつ》というわけではなく、乾燥させたそれはストーブの燃料になる。ちゃんとリサイクルされている。

途中、同じくトレッキング中の外国人から話し掛けられた。

「あなたたちは日本人だね。おめでとう。あの試合は素晴らしかった」

ラグビー・ワールドカップで日本が南アフリカに逆転勝利したのである。エベレスト街道の途中に、イングランドで行われているラグビーの話題が出るなんてびっくりだ。これもインターネットの普及のおかげだろう。

山の斜面をトラバースするように、街道は先へ先へと続いている。谷の遥か下には川が流れ、この辺りになると背の高い樹木はほとんどなく、遮るものが何もないので山々の連なりがよく見える。景色は開放的で、歩いていて気持ちいい。

ただ、やはり高度のせいか、それともさすがに疲れが出てきたのか、そんなに長いトレッキングではないのに、後半は息が上がった。

タンボチェに到着すると、目の前にエベレストが見えた。エベレストのビューポイントは、ナムチェの見晴台と、「ホテル・エベレスト・ビュー」と、ここタンボチェと言われている。三カ所すべてで眺められたのは幸運だった。ただ見えると言っても、相変わらず頂上のほんの少しの部分で、前とまったく変わらない。こんなに歩いて来たのに、エベレストはやはり遠いのだった。

目の前には、標高六八一二メートルのアマダブラムが聳えている。雪に覆われた岩肌

（ヒマラヤ襞）もはっきりと見える。山名の意味は「母の首飾り」。その名の通り、実に優美な姿をしている。それにしても、あまりに近い。距離にしたら二、三キロくらい先でしかないように感じるが、もちろんそんなはずはない。

遠近感というものが、この辺りからだんだん怪しくなってきた。とにかく、自分を囲む自然があまりに雄大で、脳が対応できなくなってしまっている。

タンボチェには街道最大の僧院がある。到着後、すぐさま参拝に向かった。色鮮やかな門をくぐり、院内に入って祭壇の前に進み、パーティ一同、道中の無事を祈って手を合わせた。

ロッジの部屋は狭くて、簡素なベッドが置いてあるだけだ。昨夜のホテルがあまりに豪華だっただけに、その落差に少々気持ちが萎えてしまったが、これがヒマラヤでは普通なので、文句を言ったらバチが当たる。

夕食時、血中酸素濃度は少し下がっていた。とはいえ症状が出ているわけではなく、体調はいたって安定している。ストーブで燃やすヤクの糞のにおいと、トイレから漏れてくるにおいが気になったが、それくらいは我慢しなければ、と、自分に言い聞かせながらベッドに潜り込んだ。

高度順化のために翌日もタンボチェで過ごし、七日目の朝、次の村、ディンボチェに向かった。今日は六時間の行程だ。

その日は、エベレストマラソンが行われていた。毎年五月に開催されるのだが、その年は地震の影響で十月に延期されたのだ。

マラソンは標高五三六四メートルのベースキャンプから、標高三四四〇メートルのナムチェバザールまで、標高差約二〇〇〇メートルの街道を一気に駆け下りるという、世界で最も標高の高い場所でのフルマラソンだ。選手たちはスタート地点のベースキャンプまで十一日間かけて登り、それからフルマラソンを始めるというのだから、まったく驚異でしかない。

ランナーたちは、すごい勢いで走り下りて来る。そのたび、足を止めて道の脇に寄り、拍手と声援を送った。

そうこうしているうちに、ディンボチェに到着。標高は四四一〇メートル。とうとう四〇〇〇メートルを超える高地までやって来た。

さすがに私もベティ菊地さんもシューマン鈴木さんも、頭痛があったり、くらくらしたり、顔が浮腫《む》んだり、吐き気がしたり、下痢気味という症状が出始めていた。けれども、疲労困憊《こんぱい》というわけではないし、食欲もある。血中酸素濃度も、低めながらも何とかクリアして、三人ともホッとした。

そんな私たちとは対照的に、師匠・深田さんとリーダーは、高度が上がるにつれて元気になっていた。カトマンズにいた時よりずっと顔色もよく、表情が生き生きしている。この人たちの身体はいったいどうなってるんだろうと、首を傾《かし》げてしまった。

ロッジの窓の向こうに目をやると、ヤクが何頭も放たれている。ゾッキョもりっぱだけれど、ヤクはさらに巨大で貫禄がある。その存在感に、つい眺め入った。

夜は星が美しい。もちろん天の川も見える。けれども、満天の星というのとはちょっと違っていた。空が近いせいか、空気が澄んでいるからか、一等星があまりに輝いていて、小さな星がそれに負けてしまって見えないのだ。想像していたのとは多少違っていたけれど、星ってこんなに眩しいのだと驚いた。

さて、トレッキング八日目。

その日は、高度順化のためにディンボチェにもう一日滞在し、自由に過ごす予定になっていた。

朝、自分の顔を見てびっくりした。目がぱんぱんに腫れていた。

エベレストでは、標高が一〇〇〇メートル上がるたびに、飲む水の量を一リットルずつ増やさなければならない。つまり、四四一〇メートルのここディンボチェでは四リットルを摂る必要がある。四リットル！　かなりきついが、こうして水分を補給し、血液の循環をよくし、酸素を身体に取り込まないと高山病に罹ってしまう。私が浮腫んでいるのは、高度順化が上手くいっていない証拠だった。もっと飲むように、と注意された。

確かに体調はあまりいいとは言えなくなっていた。食欲がなくて、朝食は半分も食べられなかった。今のところ、極端な症状が出ているわけではないが、これから先どうなるか予想もつかない。順化のために身体を動かした方がいいのはわかっているが、動くとすぐに息が切れるので、出来るだけじっとしていたいというのが本音だ。

日中は、みんなそれぞれ好きに過ごした。散歩したり、近くのカフェに行ったり（Ｗｉ－Ｆｉが使える）、土産物屋で買い物をしたり、ベッドで横になったり。

そんな時、ふと庭を見ると、師匠・深田さんがロッジの中庭の椅子に座って、文庫本を開き、音楽を聴いていた。そのゆったりと過ごす師匠の姿が、周りの雄大な風景に溶け込んでいて、ものすごく格好いい。その姿に惹き付けられるように、いつしか、メンバー全員が師匠の元に集まっていた。年代もののウォークマンから流れて来るのは、加藤登紀子《かとうときこ》の古い歌だ。

「このテープは、昔、一緒にヒマラヤに登った時に死んでしまった仲間の形見なんだ。あいつも、ここで、こうして聴いていたんだ」

その言葉の重さに、一同、しんと静まり返った。

ヒマラヤに加藤登紀子はよく似合う。似合い過ぎて、心に沁みる。誰も喋らなかった。ただ、周囲の山を見つめながら聴き入った。気が付いたら、みんな、泣いていた。

その夜、私はほとんど眠れなかった。体調はよくない。頭痛と吐き気が止まらない。寝返りを打つだけで息が切れてしまう。水もゴクゴクとはいかない。口に含んで、まず鼻でひと呼吸して、それからようやくゴクンと喉に流し込む。それをするにも息が苦しい。これが高山病なのだろうか。明日、大丈夫だろうか。

さすがに不安になった。

九日目。朝、食堂に行くと、ベティ菊地さんとシューマン鈴木さんも疲れた顔をしていた。

私とベティ菊地さんの血中酸素濃度は低く、ぎりぎりといったところだ。シューマン鈴木さんは何とかクリア。元気なのは、相変わらず師匠・深田さんとリーダーだけだ。

今日は六時間かけてロブチェに向かう。不安でいる私を察したのだろう。

「歩けば酸素を取り込めるので、出発すれば身体も楽になる」

と、言われた。今はその言葉を信じるしかなかった。

登山道は、さほど高低差はないが、岩がごろごろしていて歩きにくかった。とにかくひたすら歩くしかない。お天気は最高で、周りは六〇〇〇から七〇〇〇メートル級の山々が連なる素晴らしい景観が広がっている。が、あまり楽しめない。意識はどうしても体調にばかり向いてしまう。相変わらず吐き気が続いている。寝不足もあって身体が重い。だからといって、みんなの足を引っ張るようなことにはなりたくない。大丈夫、登れる、頑張らなければ、と必死に自分を励ました。

どうにか歩き終えて、ロブチェに到着したのは午後三時頃だった。とりあえず、予定通りの時間だったのでホッとした。しかし、部屋に入って荷物を整理しているうちに、更に体調は悪くなっていった。

標高四九一〇メートルのロブチェは、酸素が平地の半分しかない。頭痛、めまい、吐き気、浮腫み、その他、典型的な高山病の症状が強くなっていた。

夕方になって食堂に行くと、ベティ菊地さんも同じような症状に見舞われていた。とにかく酸素を取り込まないといけないというので、みんなで歌を歌うことにした。スマホを取り出し、ユーミンや吉田拓郎《たくろう》の歌を歌った。

目的のカラパタール頂上まで、あと二日。ゴラクシェプで一泊。標高差は六〇〇メートル余り。せっかくここまで来たのだから登りたい。そして、エベレストをもっと間近で見てみたい。

しかし、その夜、私が食べられたのはお餅ひとつだけだった。ベティ菊地さんも食事にはほとんど手をつけていなかった。

それぞれ部屋に戻ったものの、私の症状はひどくなる一方で、血中酸素濃度もかなり低くなっていた。この体調を何と喩《たと》えればいいだろう。誤解を招くかもしれないが「最悪の宿酔い」に近い。とにかく辛い。とにかく苦しい。

明日、出発できるだろうか。

そんな私を見兼ねたガイドのIさんから「酸素を吸ってはどうか」と、提案された。もちろん喜んで受け入れた。追加料金はかかるが、それで高山病が治まってくれるならこんな有難い話はない。

効果はてきめんだった。マスクを付けて吸い始めると、すぐに血中酸素濃度が跳《は》ね上がった。三十分吸ったのだが、その間、すっかり熟睡した。眠ったことを覚えていないくらい深い眠りだった。酸素は何て素晴らしいのだろう。その時の私は、てっきりこれで高山病は克服できたものと思っていた。

しかし、それは甘い考えだった。酸素マスクをはずしてしばらくすると、また苦しくなってきた。それも酸素を吸う前より、はるかに苦しい。いったん十分に酸素を供給された身体は、それに慣れてしまい、再び半分になったことで悲鳴を上げている。

その後はまったく眠れなかった。身体を横たえていると、胸が圧迫されるのか息ができない。ベッドヘッドに枕を立て、上半身を起こしたまま過ごした。

その時の私は、自分のことだけで精いっぱいだった。けれどもその夜、メンバーたちはそれぞれ自分に起きた高山病の症状と戦っていた。

ベティ菊地さんも酸素を吸ったのだが、肺の力が弱まっていて、途中で過呼吸のような状態になってしまった。シューマン鈴木さんは三八・五度の高熱が出ていた。師匠・深田さんに変わった様子はなかったが、その年の春、心臓にペースメーカーを入れていることがわかり（師匠はそれに問題があるとはまったく思っていなかったらしい）、それを聞いて慌てたガイドのIさんが「ペースメーカーを入れた人の、五〇〇〇メートル以上の登山記録がないので不安だ」と、リーダーに訴えた。それでも責任感の強い深田さんは頑として登ると言う。それをリーダーが説得に当たった。そのリーダーは、シェルパ頭のオンジュから「体調がいいのはパーティの中であなただけだから、あなたはカラパタールを目指すべきだ」と、説得されていた。

状況を知ったのは、もちろん後になってからである。

十日目。私はやっとのことでベッドから起き上がり、食堂に向かった。朝食はまったく食べられなかった。リーダーから「せめて水分だけは十分に摂るように」と言われて、とにかく必死に水を飲んだ。ベティ菊地さんもやはり辛そうだ。人のことは言えないが、顔がかなり浮腫んでいる。シューマン鈴木さんはまだ熱が下がらないという。血中酸素濃度の測定をすると、クリアしていたのはリーダーとシューマン鈴木さんのふたりだけだった。ガイドのIさんすらも自分の数値を見て困惑していた。

そんな状況の中、リーダーの判断が下った。

「カラパタールは、鈴木さんに目指してもらう。あとの三人は、俺と一緒にディンボチェに下りる」

誰も異議は唱えなかった。みんな、それが最善の策だと心から思えた。

シューマン鈴木さんは、熱があって本調子ではないにしても、気迫に溢れ、表情もやる気に満ちていた。すぐに荷物をまとめて、出発の準備に取り掛かった。

気温は○℃近くまで下がり、近くを流れている小川には薄い氷が張っていた。そんな中、サーダーとポーターのふたりと共に、シューマン鈴木さんはカラパタールに向けて出発した。私たちはロッジの前に並び、手を振って見送った。

やがてその姿が見えなくなってから、下山の用意を整えた。

丸二日間、ほとんど睡眠を摂っていない身体はふらふらだった。ザックはシェルパに持ってもらい、ストックを頼りに下山してゆく。相変わらず吐き気と頭痛は治まらない。足はよたよたで、何度も岩に躓き、転びそうになった。

六時間かけて、ようやくディンボチェに到着した時はどんなに安堵しただろう。靴を脱ぐのが精一杯で、そのまま着替えもせずにロッジのベッドに潜り込んだ。その日は、ただひたすら眠った。

十一日目。目が覚めると、驚くほど体調は戻っていた。とてもおなかがすいていて、朝食もぺろりと平らげた。頭痛も吐き気もほぼ治まっている。五○○メートル下りただけで、こんなに身体が楽になるのかとびっくりした。これが高度順応したということらしい。

ベティ菊地さんも元気そうだ。一瞬、これならロブチェに登り返せるのではないかと思ったが、すでに時間的に無理なのはわかっていた。

翌日、十二日目。そんな私たちにシェルパが、目の前に聳えるナンガゾンピーク（五一〇〇メートル）に登ってはどうかと勧めた。もちろん張り切って登った。カラパタールは無理だったが、その山で何とか標高五〇〇〇メートルをクリアすることができたのである。

シューマン鈴木さんが戻って来るのは、翌日の予定だったが、その日の夕方になって、同行していたポーターの男の子が一人で先にロッジに戻って来た。

「鈴木さんは、無事、カラパタールに登頂しました。予定をしていたロブチェでの宿泊を止めて、そのまま下って来ました。あと二時間ほどでここに到着します」

それを聞いて、私たちは早速、丘の上まで出迎えに行った。

やがて、彼方にシューマン鈴木さんとサーダーの姿が現れた。ゆっくり近づいて来る。足取りは力強い。私たちは大きく手を振った。気付いたシューマン鈴木さんが振り返す。最後の坂道を登って私たちの前に立った時、ちょっと照れくさそうに肩を竦めながらも、その表情は晴れ晴れとしていた。

おかえり。お疲れさま。おめでとう。

何度も握手とハグを交わした。

シューマン鈴木さんによると、カラパタールの頂上は素晴らしい景観だったという。世界最高峰エベレストはもちろん、ヌプツェ、チョー・オユー、タムセルク、カンテガなどの高峰が間近に迫る三六〇度の大パノラマだったそうだ。不思議なもので、登っていなくても、私にもその展望が手に取るように伝わって来た。

カラパタールに登れなかったのは残念だが、羨ましさも悔しさもなかった。ただただ、シューマン鈴木さんが登頂を果たしてくれたことが嬉しかった。

「パーティの一人だけでも山頂に立てれば、パーティ全員の成功です。全員の栄誉になる」

そんなサーダーの言葉が素直に心に届いた。

その夜はロッジで宴会が開かれた。

トレッキングを開始したルクラから、みんな一滴もお酒を口にしていなかったので、禁酒が解かれてすっかり開放的になり、ビールや地酒のロキシーを飲んだ。シェルパ、コックとキッチンボーイ、ポーターたちも集まって、全員で呑めや踊れやの大騒ぎ。師匠・深田さんはヒマラヤで女性にもてる。このロッジでも女将《おかみ》さんにすっかり気に入られ、何度も抱きつかれて、バツが悪そうに苦笑いしていた。

エピローグに代えて

私にとって、このエベレスト街道トレッキングは忘れられない山旅になった。あれだけ苦しかった高山病も、今となってはいい思い出だ。

カトマンズから日本に帰国した直後、リーダーから言われたことがある。

「日本に帰ると、ヒマラヤ・ロスになる人が多い。無気力になって現実の生活になかなか戻れない。そうならないように、帰国したら山に登るなりして、とにかく身体を動かせ」

まさか、と思っていたが、その通りになった。現実の生活に馴染めなくて、仕事が手に付かず、いつもヒマラヤのことばかり考える日が続いた。私だけかと思っていたら、シューマン鈴木さんもベティ菊地さんも同じだった。

これではいけないと、久しぶりに浅間山に向かった。

紅葉が始まりつつある樹林帯の中を歩いてゆくと、気持ちが少しずつ落ち着いてゆくのが感じられた。

見慣れた風景、懐かしい風の匂い。澄んだ空。一筋の飛行機雲。

深呼吸すると、空気がたっぷり肺の中に入って来る。ああ、これが酸素だと実感する。いつもはしんどいばかりの急斜面も、その時ばかりは嬉しく感じられた。見晴らしのよい場所に出ると、山々のたおやかな稜線に足を止めた。眺めながら、気付いたことがある。

ヒマラヤの山々は素晴らしい。世界の名峰であるのは間違いない。けれども日本の山も負けてはいない。標高では及ばなくても、四季に恵まれ、その時々に表情を変え、プロの山屋でも緊張を強いられるハードな山もあれば、私のようなレベルの者でも受け入れてくれる優しさがある。それが日本の山である。

始まりは、ルイのために軽井沢に引っ越して来たことだった。そのルイが逝き、空疎な日々を過ごしている私の支えになってくれたのが登山だった。それが今や、登山は欠かせない日常になっている。

今も不思議に思う。

この私が山登りをするようになるなんて。

最近は、少しずつ他の山々にも足を延ばすようになった。

まだまだ登ってみたい魅力的な山は数え切れないほどある。

繰り返し登りたい山もたくさんある。

山との出会いは、自分との出会いでもある。

これからも体力の続く限り、私らしく登り続けていきたいと思っている。

解説

小林聡美《こばやしさとみ》（俳優）

人間には本来どんな力が備わっているのだろう。

火事場の馬鹿力という言葉がある。通常ではありえない力が、ここぞという時に発揮される。子どもの頃、大人を椅子に座らせて、子ども四人でその椅子を囲み、それぞれの手のひらを順に、座っている大人の頭の上にかざしてからその大人の両脇、両膝の裏に、組んだ両手の人差し指を差し込んで、せーのっ！　で持ち上げると、不思議なことに大人の体はふわりと宙に浮いた。子ども四人の集中力は、指先で大人を持ち上げるという馬鹿力を発揮したのだ。そしてこの馬鹿力を、子どもだった私は、超能力だと信じていた。

山を登ることも、ある種の超能力だと思っている。普通の人間が何千メートルもの山を歩いて登れるだろうか。何キロ（何十キロ）もの荷物を背負って。それも岩場だったり、断崖絶壁だったり、雨や雪、雷、そして突風の吹き荒れるような厳しい天候の時もある。そもそも一日七時間歩くとか、にわかに想像ができない。私の万歩計では七千歩くらいでだいたい一時間なので、ざっと計算しても五万歩近く歩くことになる。平地でも七時間歩くことなんてできる気がまったくしない。手ぶらでも無理だ。

本書は、おそらく初めはこんなふうに私と同じようなことを思っておられた唯川さんが、ぐんぐん超能力を発揮し、挙句、とんでもない挑戦を成し遂げるまでの、山の履歴の集大成と言っていいだろう。

はじまりは犬だった。唯川さんは「アルプスの少女ハイジ」のヨーゼフへの憧れから、セントバーナード犬を飼い始め、犬のためにと移住した軽井沢で、浅間山の美しさに魅了される。眺めるだけだったその山に登ることになったのは、軽井沢を舞台にした連載小説を書くためだった。初めての浅間山は想像以上にきつく、途中で断念し、あまりの辛さに「もう、二度と山には登らない」と決意する。それから五年ほど後、愛犬が亡くなる。深い喪失感の中にいた唯川さんを、浅間山登山に誘ったのは夫だった。断ることもできた。しかし、唯川さんは「登る」と即答。愛犬を亡くした喪失感から逃れるには、苦しくて何も考えられない限界にまで自分を追い詰めるしかないと考えたのだ。「登れるところまででいい」という夫の言葉も背中を押した。五年ぶりの浅間山は、やはり前回と同じところでリタイア。しかし、その時の浅間山で、唯川さんは突然山に目覚める。「また登りたい」「こんな私でも、頑張れば、もしかしたら頂上に立てるかもしれない」という気持ちがわいてくる。それからの唯川さんはトレーニングを重ね、月に一、二度浅間山に登るようになり、半年後には登頂に成功する。「ここに来るまで長かった、辛かった。それだけに嬉しかった。達成感と満足感と充実感が入り混じった、素朴でシンプルな感動に包まれた。こんな清々《すがすが》しい気持ちになるのは久しぶりだった」その時の気持ちをこう記している。山に登ることは誰にとっても楽なはずがない。しかしさまざまな苦難の後、結局最後にこみ上げてくるのは、こんな風な素朴でシンプルな感動なのだ。この時の感動こそが、唯川さんを山に夢中にさせた原点なのかもしれない。

つくづく感心するのは、唯川さんの真面目さだ。もともと海派だったという唯川さんは、五十代半ばで山派に転向。山の「リーダー」である夫の、スポ根ドラマのコーチのようなキビキビしたアドバイスを従順に受け止め、ひたむきに山に向かっていく。初心者にとって、経験豊かなリーダーのアドバイスは、死と隣り合わせの山では絶対だ。夫婦だからという日頃の私情は挟む余地がない。唯川さんの場合、万が一の時まさに命綱となるザイルを結ぶのもこのリーダーだ。人生の伴侶がそのまま山の伴侶にもなるという、もしかしたら珍しい例かもしれない。それにしても山の折々の場面で、このリーダーの淡々とした檄が飛ぶ。そのすべてが的確なようすに描かれているのは、唯川さんのリーダーへ寄せる信頼のあらわれだろう。なにより唯川さんを山の世界に引っ張り上げたのは、このスポ根リーダーの功績だ。山の用語や名称、地形、装備、歩き方やルール。山のすべてをこのリーダーに教え込まれたと言っても過言ではない。そんな人が身近にいたことは何より幸運なことであり、唯川さんは、もはや山の神様に目をつけられていたのではないかと羨ましく思う。

浅間山の山頂を制覇してまもなく発足した登山会のメンバーと、唯川さんはますます本格的に山にのめり込むようになっていく。それなりに自信もついてくるのだが、山を知れば知るほど、山の厳しさとそれに向き合う自分の実力との間にジレンマを抱えるようになる。登山会のメンバーはどんどんレベルアップして穂高縦走や劔岳にまで登るようになっていた。それまでの登山は頑張ったら登れる山だったけれど、もっと先には頑張るだけでは登れない山が存在するのだ。登るには今まで以上の体力と技術が必要だ。自分にできるだろうか。無理はしないで今までのような登山で満足していればいいのではないか。そんな迷いを抱えながらも、唯川さんは山に登る。八ヶ岳に、谷川岳に、富士山に、雪の浅間山に。

迷いは小説家としての仕事への向き合い方にもあった。無我夢中で突っ走ってきた仕事も、年齢を重ねるごとにだんだん辛くなってきた。若い頃のように勢いと力業で書き上げるのでなく、これからは一作に絞ってじっくり向き合おう、と決めたとき、頭に浮かんだのは、登山家田部井淳子さんをモデルにした小説だった。田部井さんの功績は女性登山家として初めてエベレスト登頂を果たしたことに始まり、その後の華々しい活躍は本書の中でも紹介されているが、その半生を小説にしようという挑戦は、唯川さん自身がこれまで積み重ねてきた山登りを、そして小説家としての自分を、もうひとつ超えてみようという、強い決心のあらわれだったに違いない。

ここから唯川さんの山登りは新たな局面を迎える。「この目でエベレストを見てみたい」。この田部井さんの小説を書くことが決まって、ふと浮かんだ思いが実現することになる。この「エベレスト街道を行く」の章は本書のハイライトと言っていいだろう。愛犬の死を乗り越えるため浅間山に登ってから、五年。辛いだけだった山登りから、いつしか山に魅せられ、地道に山に挑み、なんとエベレストにまで行こうという人間になってしまった唯川さん。五年の間に相当の超能力を蓄えてしまった。そしてツワモノのメンバーたち。エベレストへの挑戦は、いろいろなことが田部井さんのころより随分楽になったらしいが、それでも自然が相手のこと。出発の五か月前にネパールで大地震が起きて出発があやぶまれる。結局はネパール側から是非に、ということで実現に向かうのだが、この始まりからドラマチックな予感だ。メンバーはそれぞれにトレーニングを命じられ、「技術も知識もない私にできるのは、もちろんスポ根リーダーにトレーニングを強化して準備をつみ、唯川さんはとにかく体力を付けること」と、エベレストにまで登ろうとする人なのに、どこまでも真面目で謙虚だ。

到着したカトマンズの匂い、崩れた建物や寺院、エネルギッシュな町の人々。実際に目にした山々の非現実的なスケールの大きさ。シェルパやコック、キッチンボーイ、ポーター。それにゾッキョが六頭。総勢九人と六頭でゆくエベレスト街道の情景を想像した時、浅間山で苦しんだ唯川さんがよくぞここまで、としみじみ感動する。しかし富士山を遥かに超える標高をゆく旅は、やはり過酷だ。変化する体調と折り合いをつけながら、何時間も歩き続ける日々。何のために、などとは問わない。山に登るために決まっている。ただひたすら山を歩くとき、人間は精神力、体力の塊になっている。つまり超能力の塊だ。どんどん研ぎ澄まされてむき出しの自分になっている。不安と希望に押しつぶされそうになりながら歩き続ける唯川さんたちは、だから加藤登紀子の歌に涙するのだ。このエベレスト街道の体験は唯川さんにとって間違いなく山に対しての自信に、そして小説家としても大きな糧となったであろうことは、その後の作品『淳子のてっぺん』（幻冬舎）における充実した内容からもうかがえる。

山との出会いは、自分との出会いでもある。

本書を締めくくる最後のこの言葉にこそ、超能力が宿っている。自分の思っている自分を超えて、むき出しの自分に、本当の自分に出会うこと。大自然からみたら人間なんてほんのちっぽけな生き物だ。そんなちっぽけな生き物が、あれやこれや悩み、乗り越え、一歩一歩前に進む。気がつけば、行きついたところはとんでもなく高いところだった。そんな素晴らしい超能力がきっと私たちにも備わっているのだ（もちろん準備は必要！）。そんな可能性を考えるだけで、とてつもない興奮だ。

初出
「小説宝石」二〇一六年五月号〜二〇一七年九月号
二〇一八年四月　光文社刊

光文社文庫

バッグをザックに持《も》ち替《か》えて

著 者　唯《ゆい》川《かわ》恵《けい》

2020年7月20日　初版1刷発行

発行者　鈴木広和
印　刷　新藤慶昌堂
製　本　榎本製本

発行所　株式会社 光文社
〒112-8011　東京都文京区音羽1-16-6
電話 (03)5395-8149　編集部
8116　書籍販売部
8125　業務部

ISBN978-4-334-79053-0　Printed in Japan

組版　萩原印刷